U0074076

大海的孩子

黑毛小子天福

林加春 著

目次
CONTENTS

1. 新家的第一天

渡船靠碼頭後，天福跟著阿公走過船板上岸，新的地方應該很陌生，可是天福迎接到的眼神都一樣。

不客氣地注視好幾個人後，天福和阿公離開碼頭沿著堤岸走。

阿公看看天福。

長袖長褲又戴帽，帽子下一條毛巾遮蓋臉和脖子，十三歲的男孩，把自己包得看不到皮肉，扛帆布袋的架勢老練得像捆工，頭低垂、兩眼盯腳，喔，連手套也戴上了，那雙脫了邊沾了汙漬的麻布手套髒兮兮。

「帽簷下那張臉，也是臭臭的吧？」阿公想。

他們要去找地方住。這個小村子只有橫直兩條大街，住戶不多，街路外幾乎都是田、菜園、草埔、雜樹，還有更多的礁石。

逛完街又找向堤岸沿著走。

堤岸很長，之後就是天然礁岩，沒有什麼沙灘，越走越遠越沒有人聲，阿公聽到天福呼口氣，好像是全身肌肉都放鬆了。

阿公沒吭聲，挑中一塊大礁石，前後左右繞一圈，有洞，向海，夠大，可以住，附近很空曠，往下爬幾塊石頭就是海。

「這裡。」拿腳踏踏礁石，阿公對天福說。

阿公個子瘦高黝黑，皺紋和白髮讓人想該有七八十歲，可是搭蓋屋寮時，敲打搬舉都輕鬆俐落，天福到處找樹材竹枝都還不夠應付阿公。

等太陽照紅海面，天要黑了，一間工寮蓋成了。搭蓋在礁石邊，有頂蓋，有三面牆，通通就地取材：舊夾板、樹枝、竹子、破水管、破床墊蓆子、破布料、石塊、鐵絲、塑膠袋塑膠繩……找得到的東西全都派上用場。

阿公還把天福撿來的幾個椰子殼剖開，「等一下加菜。」

聽到這話，天福點點頭，把帆布袋拿進屋寮，脫去帽子手套鞋襪和衣褲，一條黑烏烏的人影很快翻下礁石。

「我去抓魚。」聲音傳上來時，阿公正要做灶。

天福怕火，不愛學做飯，阿公教過他，簡單的煮湯烤魚沒問題，除非肚子餓得受不了，天福從不主動起火燒煮。

新家的第一頓飯，在海風吹、星星看的夜空下開動。

天福和阿公坐在礁石上，他們吃的是魚飯，鍋裡米飯快煮好時，阿公把魚放進去，熱氣和米香蒸熟兩條鸚哥魚，祖孫一人一條魚，拌著飯吃，甜又鮮。

還有一樣菜。

阿公刮下椰殼裡的椰乳，把烤好的蝦放進去拌。天福頭一次吃到椰乳蝦，特別的香味和吃法讓他「咂咂咂」大聲嚼，好吃到舔手指頭又去吮蝦殼，只差沒開口問「還有嗎？」

吃完飯，鍋子和椰子殼拿海水漂洗，天福做完事情再回屋寮，阿公已經找出睡袋。

「你想睡哪裡？」「洞裡。」

破床墊鋪了塑膠布，擺兩個睡袋有點兒擠，天福怕熱，礁石洞透風又寬，地面碎石粒凹凸不平也沒關係，他抱了睡袋進洞去。

祖孫各有一個房間，很不錯，天福躺平後很快就睡著。

屋寮裡，阿公聽了一陣子海浪和風聲，盤算清楚接下來的生活開銷，念頭又停在天福身上。

「沒錢有沒錢的方法。」阿公鑽進睡袋，打個呵欠，「到哪兒都能過……」側翻身縮起雙腿，放心睡了。

第二天，說不準誰先醒，海鳥叫聲把祖孫同時引出身，天色白亮，海面泛光，兩個都起晚了。

「我下海去。」天福避開阿公的注視，急忙要走。

「等一下。」阿公回屋寮，很快拿來一套裝備，「穿好。」是阿公的潛水裝，天福很奇怪：「你不下去喔？」

「我忙別的。」

趁天福穿戴時，阿公打量一下孫子全身，雖然看慣了，但是那身黑渣渣的毛髮仍舊讓阿公眼神黯淡下來。

天福才生下來就嚇跑他的娘！

媳婦連月子都沒坐完，丟下孩子跑了，兒子也不肯要這孩子，儘管面模百分之百像，那做爸的硬是說：「生一個猴崽，怎麼養？」明明是嫌難看、怕丟臉。

自己做阿公的狠不下心，從醫院抱回家給老伴帶，希望老天能給嬰仔一點福氣，就「天福、天福」叫了這名字。

也難怪他爸媽。應該皮膚白嫩嫩的紅嬰仔，怎麼會長在頭上的黑髮還長到腿腳、胳膊、身前背後，連手掌腳掌都是黑渣渣的毛，只有臉面乾乾淨淨，這種樣子任誰看到都會眼睛瞪大尖聲叫……

「我要下去了。」

潛水裝包住全身，天福熱得臉紅通通，阿公陪他走下礁石：「小心，照顧自己。」

到新的海域，第一次潛水，不能潛太深太久，要先摸熟海底情況，這些天福都知道，阿公沒囉嗦。

泡浸海水裡，天福輕鬆了，直接游出去，很快潛入水下找那些魚蝦朋友。他沒有回頭看，反正阿公都會在那裡等，像阿嬤在家裡等他一樣。

只穿連身潛水衣，蛙鞋面鏡氧氣管都沒戴，天福嫌這些東西累贅，他根本不需要。

阿公也知道，天福下到海底就像一條魚，能耐水壓也能長時間閉氣潛泳，天生是潛水人才。

老天果真給這孩子一點福氣，讓他能在海裡學到本領，討生活沒問題，「不會餓死啦。」阿公阿嬤想到這一點就會鬆開眉頭。

會要天福穿潛水裝，其實是怕那一身毛猖猖的樣子嚇到人。

海邊不免有些釣客泳客漁人在走動，海上也有漁船作業，就算天福浮出水面來透氣，呼吸的時間很短，不過初來乍到，大家都不認識他，能避開誤會總是好。

坐在礁石上，阿公等著。

要忙的事很多，想看看魚貨買賣，這個時候已經來不及了，得等到下午。也要逛逛街市，了解行口認識頭家，還要找看看，哪裡可以接水，給點錢應該的，大城市加水站都要投幣十元，一大桶二十公升。

記得碼頭邊有座廟，附近應該有公共電話和廁所，要給老伴打電話報個所在，她好跟老天爺講清楚。做這些事要大半天時間，不過，阿公要先等天福浮上來，看他再度下水才離開。

2. 天生的討海囝仔

「阿公，你看。」天福才冒出水面立刻就喊。

老人踩過海中礁石，蹲到最靠近天福的地方。舉高的手上有個大硨磲貝，很大，比天福的頭大多了。

「活的！」天福很興奮。

這值錢！

「要給我嗎？」阿公問天福，卻沒伸手接的意思。

果然，天福搖搖頭：「我把牠放回去。」

阿公趕緊說：「我去辦事了，你照顧自己。」

潛水裝有重量，手上又拿個大貝，天福上來呼吸換氣後就再潛入水，他其實是看阿公有沒有等著，看到人了才放心。阿公清楚，等天福笑笑點頭才站起身回岸上。

漁夫兼潛水員，阿公有船，捕魚，也受雇帶客人出海潛泳，兒子對這一行沒興趣，孫子卻是天生的討海囝子。能教的本領早都教給天福了，這段日子，阿公帶著天福沿臺灣島海岸探看，讓他熟悉環島的海域和地形。

「我們去自助旅行。」這時髦說法讓天福很開心。

他在學校沒朋友，鄰居小孩也不跟他聊天玩鬧，每天上學考試的生活一點都不好玩，聽到阿公這麼說，國小畢業的天福立刻說好，國中也不去唸了，跟學校辦休學。

說自助旅行是好聽，真正過日子才知道這叫做「流浪」，浮浪、漂浪，經常身上有臭味，隨處找地方睡，多半選在海邊肉粽角、堤岸或草埔樹下，有礁石岩洞就最好。原本還擔心孫子受不了苦，誰知天福喜歡，只要能避開別人好奇驚訝、捉弄戲謔，能天天泡在海裡，什麼煩惱都沒了。

會自己煮炊，會下海抓魚，還不夠啊，不學著跟人打交道，天福將來的日子仍然有問題。阿公最傷腦筋的就是這個，一邊走一邊想。

海水鹹，一般人泡過海水都要找淡水沖洗才舒服，天福不用，身上黑毛密麻麻，曬過太陽乾了後，白白顆粒的鹽掉下來就行。泡海水涼快，躲在海裡也不容易被人看出怪樣子，而且手腳在海中似乎更靈活，划游鑽爬都自在。

「我一定是生錯地方了。」「我應該是條魚。」海面下，天福跟魚群混游，眼睛看著珊瑚，又想：「也可能是烏龜，老天把我送錯了。」

眼前這一大片珊瑚，粉紅得很像阿嬤種的花，顏色漂亮形狀完好，沒受傷沒被刻劃過，敲下來整棵去賣可以賺不少錢，但天福沒去碰，往珊瑚底下再找。

校長室有座珊瑚放在玻璃櫥裡，天福被叫去挨罵時看到的。

那一次是許德亮他爸跟校長拍桌子，要告校長和主任包庇打人的學生。早十分鐘前，那個許爸衝到教室要打天福，被訓導主任攔下來，就落人去吼校長。

許德亮跟別人鬧，互相丟書本砸，不知道誰拿書包甩，許德亮要躲開時絆到天福，整個人倒在天福身上，一屋子人哈哈哈笑瘋了，笑許德亮會長出一身毛。

許德亮氣到抓椅子砸天福：「你這怪物，沒眼睛可看嗎？擋恁爸的路，猴山仔，夠衰小！」

誰肯被人這樣罵呀，天福閃過椅子伸手揍許德亮一拳，同學「喔」「吼」更起鬨了，書包袋子水壺一氣亂扔。

明明許德亮是被可樂罐敲中腦門，不關天福的事，許爸卻硬說是那個「黑毛猴」下的手。事情問一問就清楚，主任還是把天福帶到校長室。

只瞄一眼校長、許爸和許德亮，天福就老大不爽。

許爸凶神惡煞，旁邊兩個大人胳臂抱在胸前，板著撲克臉瞪天福；許德亮頭包繃帶裝得可憐悽慘，天福忽然起念頭，想把一身黑毛大衣脫下來給他穿。

校長是老好人，罵學生像嘮叨小孩，天福有聽沒到，轉頭瞥見玻璃櫃裡那座珊瑚匾額，眼睛亮了：「那是假的，下等貨。」

用別的海底碎貝裂管冒充，黏一黏，噴上漆，表面放幾小段真的珊瑚斷片，就騙過不識貨的有錢人。

天福聽阿公說過，也見過潛水人撿這些東西賣給藝品店，店裡擺的全是加工品，看起來漂亮，要說真或假那可難講。

「沒幾個人懂。」視線離開櫥窗，天福再看向校長室這些人，不吭聲。

因為長相被欺負捉弄已經習慣，跟人打架也不是一次兩次，天福漸漸學會冷漠，不理會旁人。

上學要學什麼呢？認字寫字算術，這些生活裡會用得到，天福學得很好，其他科目就像阿公說的：「有興趣的多記一點，沒興趣的聽聽就好。」

「讀白紙黑字還要會親手操作，學點工夫更實在。」校長人不錯，跟天福這樣說。

許爸那些人囂張夠了先離開，天福被留在校長室繼續罰站，以為校長和主任會拿什麼處罰來嚇唬他，誰知道校長勸他學技藝。

還要學什麼呢？會駕舢舨、會海泳潛水、會操作各種漁具，拋網收網甩竿射槍都會，雖然還不被允准上船討海，不會看儀表板海圖，不會掌舵修無線電，可是已經比同學強多了。許德亮，哼，小弟弟一個，算什麼貨色。

一隻海膽拂過手掌，天福收回心思，專注摸掏珊瑚下的空間。他要找值錢的東西。

海膽價格不錯，龍蝦也好，能吃的新鮮漁獲送去海產店就立刻賣出，天福當然是找這些，但是他的手放過很多魚。

聚精會神要找的，是另外一種寶貝。

貝殼、珍珠、錢幣、古物……海底有許多奇怪東西，天福喜歡撿這些東西，值錢的就交給阿公拿去賣，不值錢的也賣給舊貨回收商。每樣東西都讓天福有不同幻想，挑起航海冒險的念頭，編撰故事時，天福永遠是英雄，在生死一瞬間伸手搭救那些欺負他的人。

有一個玻璃罩的油燈，跟著他們旅行，那是阿公潛水時從沉船裡找到的，「紅毛番用的。」阿公把它擦乾淨後就倒些煤油點亮，天福提著走，不自覺想到人家笑他的事，心裡哼氣：「黑毛鬼提油燈，烏索索，一點亮火飄在空中……」哈，嚇死他們。

嘴角的笑被夾住指尖的東西沒收了，是個鐵鉤，埋在底泥下，拉出來看，是錨，大船才有的，附近有沉船嗎？

一個生鏽小鐵盒跟著錨翻出來，天福把鐵盒帶出海，先放在水邊岩洞。

3. 抓到怪魚了

潛水時發現一個大錨，天福游出水面想跟阿公說。

阿公不在，想一下，天福再潛入海底。他游遠去，繞著錨搜尋，範圍擴大找一陣，沒發現船體殘骸，也許被暗流推走了，會朝哪個方向去呢？

海底下涼快，可是他得上岸了，胸口發悶，要趕快游出水面呼吸。

游動時，一隻烏賊觸手吸住天福的腳板，糾纏不放，天福急了，怕潛水衣被烏賊咬破，乾脆把烏賊帶上岸，「你自己找的。」

大口喘氣，脫潛水衣讓天福手忙腳亂，太陽在頭頂曬，泡水也是熱，全身毛厚又悶，他張口哈，眼角瞥見烏賊溜回海中，天福隨牠去。

潛水衣要用淡水沖洗乾淨，天福躲回洞裡等阿公，順便研究撿到的東西。

除了鐵盒子，其他都放在一個大碗公裡，是剛才摸出大貝的地方找到的，說不定大貝用它當做家。

一個錶，鍊子斷了，錶蓋能掀翻，但長了汙泥銅綠像小藤壺，蓋子下還好，擦擦玻璃，複雜的錶面刻度讓天福沒把握，這是錶還是指南針羅盤？瞪著看不懂的字和符號，天福想到要學一點英文。

一個秤砣，阿嬤也有的東西，賣魚貨時桿秤提起來，那個移動的秤砣，隨著魚貨重量不斷變換位置，努力要維持秤桿平衡。

阿嬤和阿公，跟秤砣沒兩樣，錢的壓力一來，他們就要到處擺攤、隨時出海。

天福看自己的手。

手背黑毛長到看不見皮肉，翻過來，手指手心都乾淨，掌紋清楚，可是手腕以上又全披掛黑毛。阿嬤用剃刀為他剃光，一陣子後又長出來，越剃越多，阿公說找醫生才有辦法治。

「那要錢！」「做什麼事不用錢！」

老夫妻拌了兩句嘴就閉口，忙討生活、賺錢。

秤砣移動，要秤的醫術卻始終秤不出價錢來，沒法秤的還有阿公阿嬤的愛。

「你抓到魚了嗎？」

阿公從屋寮爬下來，坐到天福旁邊，看一眼碗公：「這是什麼？」

一個扁平罐子，海水沖搓幾次擦乾淨後，竟然是酒，玻璃瓶身浮凸有字和花紋，標籤不見了，「空的吧？」天福猜。

阿公摸摸瓶蓋封鉛，咧嘴笑：「老酒。」整瓶沒開而且年份很久，找個識貨的一定會出好價錢。

「我先去抓魚。」天福摸摸肚子，抬腿跳進水。

阿公笑了，這孩子不喊肚子餓，卻擺明想吃東西，還好不挑嘴，有時煮得半生不熟也高興吃，天生地養的囝子。

這餐吃麵，三四包泡麵加了小白菜，香噴噴，阿公把天福抓來的兩隻大烏格也放進去，一大鍋的魚麵，祖孫倆吸哩呼嚕吃光光。

泡麵的調味料包留下，「晚上煎魚。」阿公說，乾煎的魚放這些更有滋味，「秋姑很適合。」天福點點頭，記住了。

躲在礁石洞裡涼快些，趁天福洗鍋碗，阿公把酒和錶收好，秤砣打算賣給這裡的舊貨商。生銹的鐵盒有重量，卡鎖似乎不管用，「答答」「答答」任憑手指掰弄，只出聲沒動作，阿公乾脆撬開來。

一個油紙袋，裡頭是亮閃閃的金幣銀幣，還有一本冊子，翻開，寫滿外國字，看不懂。

「外國錢。」天福好奇地玩那鐵盒，突然想到沉在海底那個鐵錨，也許鐵盒是沉船的東西。

「沉船嗎？」阿公拿起一個銀幣，問天福：「這上面刻什麼？」

「大日本，明治二十二年。」天福嚇一跳，那不是古早古早以前的時代嗎？

睡躺在海底的東西，每一樣都可以帶出許多故事，阿公討海潛水也曾經幫忙打撈沉船、飛機，不過像明治龍銀這樣久遠的錢倒是沒見過。

「沉船嗎？」阿公自言自語，「看看再說。」

下午祖孫去碼頭看魚市。一艘舢舨靠在渡輪邊，圍觀的人喧嘩熱鬧，不像買賣喊價，湊近前先聽了一陣子話，原來是抓到怪魚了。

船在近海置網，收上來的鰮魚、煙仔虎裡，發現這隻人面魚，從左從右看，都像人的臉，一邊是笑臉一邊卻是哭的，胸腹的鰭各有兩三片，軟塌塌的，背鰭棘刺長又尖，像整排劍，尾部看起來像魟魚，魚身有大男人巴掌寬，黑灰灰雜了白點，四不像的變種魚，被船主人養在塑膠桶裡，嘴巴居然「叭嗯，叭嗯」吐氣泡。

沒人出價，船主說要做成標本，阿公見多識廣也認不得這是什麼魚的變種。

天福看住魚臉，有哭有笑的長相，他一下子想到乩童，被王爺神靈附身時，刀劍鎚砍砸刺猙獰血腥，這隻魚背上插一排刺，還真有點像！

小村的魚貨有幾個老闆會固定來收購，阿公弄清楚時間地點，看過人，離開碼頭後告訴天福：「行情價，那個陳老闆會挑貨。」

陳老闆眼亮，挑貨精，這點天福也看得出來，但是問行情談價錢，天福沒經驗也沒興趣。魚行拍賣有特殊行話和規矩，阿公曾帶他去看過，那奇怪又快速短捷的腔調語彙，天福聽得懂卻很吃力。

跟阿公去廟裡借廁所，把幾件衣服沖水擰乾算是洗過了，順便打電話給阿嬤，再去找商店買米和鹽。

辦完事，阿公起腳又來看怪魚，正合天福的意。

人潮已經散去，舢舨繫在碼頭旁，塑膠桶還留在船上，怪魚不怕丟，船主是在地人，回家休息。怪魚不再叭噁吐泡，大概是附身的神靈也退駕了，牠伏在桶底像缺氧昏睡。

「牠想回海裡。」天福想。

每隻被抓到的魚都想回海裡！

回到屋寮，阿公要做飯，天福爬下礁石，時間還夠他泡海水。幾件洗好的衣服直接攤在石頭上吹乾，潛水衣掛在洞裡，他剩下一件事要做：抓秋姑。

魚多半在礁石下，徒手抓秋姑要點技術，天福潛下水，認定目標才出手，他放過很多魚隻，三指闊的秋姑，抓四隻夠配飯吃就好。

活跳跳的紅秋姑，阿公用辣油半煎烤，心裡稱讚孫子：這種大小最合口，鍋子剛好放滿，再大些擺不進去，小了又沒幾多肉。沒有菜沒有湯，白飯用焦黃赤褐的煎魚送下肚，祖孫痛快扒光碗裡的米飯，嚼得滿嘴香。

他們不常吃煎的魚，現撈鮮魚生食或煮湯喝才不糟蹋，而且省事，但生活裡偶爾要加點變化，讓滋味更豐富些，例如自助旅行，例如煎魚吃，例如天福把魚放了。

4. 新品種的魚

那隻變種怪魚特別招天福不安，等阿公睡熟打呼了，他下海游到碼頭。暗夜認不出是哪隻舢舨，憑直覺聽到「啪啪」聲，果然被他發現怪魚位置，摸上船，雙手撈起怪魚放入海中，人也迅速離開，游回岩洞下的礁石堆。

「這不算偷，我只是搞破壞。」天福泡在海裡有點兒喘。他什麼東西也沒移動，希望船主人會以為是怪魚自己逃生了，比較可惜的是沒跟怪魚說話。

帶著興奮爬上礁石，等身體乾了才回「房間」，天福剛躺下就睡熟了，再睜開眼時覺得涼，洞外海浪聲變大，天空蛋青色。

他去屋寮找阿公，睡袋已經收好，人不在。

三兩下到了海邊礁石，天福很快找到阿公的東西，魚簍和網子都泡在海水裡，空的。

拿起網袋朝海底礁石潛去，天福記得有金蘭魚，大清早應該會出洞穴找吃的，魚鰭的硬棘得小心對付。天福抓了三隻金蘭，尾巴白緣很明顯，游出海面之前，意外看到梭仔追著來，要搶他的魚！

金梭大又兇，牙齒銳利游得極快，人在海裡空手難對付，通常先求自保，不過天福貪心，打算連這隻大梭仔也活捉，還真被他搞定了，梭仔撞進魚簍，尾部拍打掙甩，不幾下就割得天福手掌有傷，他忽然軟了心腸，又把梭仔放走。

不是傷口痛或力氣差，純粹因為「不想」。

天福常看著魚發呆，學魚說些奇怪的聲音，潛水捕魚也經常遲疑，寧可去撿古物寶貝。

跟一隻活跳跳的大魚纏鬥，讓大魚流血、驚慌被捕，天福覺得不安，話說回來，有什麼魚是歡喜樂意的給捉住送進人的口腹呢？天福知道自己的想法很矛盾，討海漁人不該跟魚談安不安心的事。

三隻金蘭比不上那隻大梭仔，阿公很可惜。他潛水去收幾處陷阱的魚獲：活跳跳的龍蝦和蛤貝、臭肚仔魚。回岸前跟大金梭糾纏一陣，金梭兇性大發，老漁人憑經驗，拿活魚引誘牠，好不容易網住了，就快拉出水面時，梭仔竟然有本事咬破網溜走。

「咳，註定好的。」阿公嘆一聲。

看見天福也抓到幾隻紅目鰱和金蘭魚，兜攏來集在一起估計有十多斤重，阿公點點頭，背起魚貨去趕魚早市。

「多放些陷阱，下午再一趟。」

這樣交代天福時，阿公想到一件事：應該潛下海去看那個錨。

「順便去找找沉船。」

哈，這等於是學校裡老師說「下課，自由活動」，天福大聲應「好」，很快就潛下水。

把抓魚蝦的陷阱放置妥當，天福又去找到那個大錨。一個東西叫他，聲音怪怪的，波搭波搭像拍水也像吹口香糖泡泡，天福發現那隻被自己放走的變種怪魚在腳邊。

「你叫我嗎？」海裡有些魚會出聲，天福隨口問，不料怪魚又出聲，而且說「是」，儘管不是人的話，但天福聽懂了。

人和魚能溝通？天福驚喜到大笑，跟著又問：「你叫我做什麼？」

「帶你去看故事。」怪魚游到天福身子底下，海水傳出的聲音，進到天福耳朵裡變成這幾個字。

怪魚游的姿勢很奇怪，哭臉笑臉輪流朝上翻，像一路搖著頭，神明在牠身上嗎？

天福沒時間多想，隨怪魚游進一塊大礁盤底下。

寬又深的海溝等著他，天福猶豫著不想再跟進，怪魚已經轉過身，尾鰭長鞭甩動一股水流，霎個眼，許多魚就出現在天福上下左右。

全都是怪魚！

形狀怪異，明顯是魚體有缺損，或是多長了鰭、鱗，棘刺軟條變了形，顏色斑塊也不正常，跟天福見過的魚完全不同。

也許這是從沒被漁人發現的魚種，牠們原本就長這樣，而且都活得好好的，「新品種的魚」，天福想。

「我們游得慢，什麼都吃，不會產卵，沒有魚敢吃我們，在海裡，我們叫做海靈或海鬼。」

怪魚說話的時候，背上那排「劍」硬挺挺，其他的新種魚圍著天福，有一隻魚像掛了水母在胸背上，愛心形的魚嘴不斷要來親吻他。

「我要上去換氣。」天福急忙抽身時，另一隻伸出螺絲紋長嘴的扁魚戳了他的腳板，天福立刻手腳軟麻再也游不動。

愛心魚吻在他鼻子嘴巴時，天福已經沒有感覺，味道、碰觸、浮沉、呼吸這些事都不知道，他只能夠看和聽，除了記憶，其他的腦袋功能也都停了。

「有個東西交給你。」蝸牛魚從海溝頂起一個箱子，游到天福前面。

「海鬼」經過的地方，所有魚蝦、海中生物都躲開，怪魚的哭臉有時候裂開縫，吃下跑得慢的傢伙，原來牠的嘴藏在哭臉這邊。

又一座礁盤下，有骷髏。天福先看見海藻被海鬼們合力咬開，露出骨架，之後才看清楚是人的上半身，頭骨因為海藻穿過，就在水裡披頭散髮的晃。

「他掉在這裡，很久了，海鬼保護他。」怪魚搖著頭，游到骷髏頂上繞圈，天福看著怪魚，竟然也跟隨牠繞游，又看到自己手中抓了一個箱子，很大一群海鬼在他周圍，自己是被這些魚抬著漂浮移動的。

「你救我，送這個給你，我們也會保護你。」怪魚搖頭說話，像神明降旨，天福聽得很清楚：「箱子是他的，送你，他身上綁著箱子，游不動，一直沉到這裡。」「他……」

他什麼呀？天福不記得了。

是阿公叫醒天福的。

兩手用力拍打、搖晃，阿公手掌紅通通，胳膊發酸，一輩子潛水捕魚都沒這麼拼命。看著天福胸口有起伏能呼吸，卻軟塌塌沒意識，眼睛是睜著，眼球動也不動、眼皮合不起來，老人家急得想報警找救護。

他去早市賣了魚貨回來，發現天福仰漂在海面上，樣子不像溺水，死了嗎？阿公嚇一跳，把人拖回礁石岸，確定沒喝進水，這很奇怪，自己見過海難也救過人，天福這種情形卻是頭一遭遇到。

還有，天福掌背的黑毛髮不見了，乾乾淨淨的手心手背，像平日帶著手套那樣，究竟遇到什麼狀況呢？

5. 天福怎樣了

命還在，人卻昏癱了，這是幸或不幸？

阿公看著天福毛猖猖的身體，實在拿不定主意，要報警送醫嗎？那絕對招來大驚小怪，老人家討厭被問東問西，看熱鬧的人講不清，只會亂寫胡謅隨便猜，世人很多這樣假關心真雞婆。

呆愣一會兒，阿公又試著來叫天福。

顧不得礁石會割肉，阿公把天福翻個身，想讓他坐靠岩石，剛抬起天福的肩膀，阿公立刻放棄念頭，重新擺回仰躺的姿態。

還是等吧。老人家頹然坐下，盯住天福的臉。

這孩子的五官其實都很端正，輪廓臉型也深邃分明，長得不難看，像他爸爸嗎？阿公竟然想不起兒子進財的臉孔長相。

小時候，自己也曾抱著兒子端詳，覺得像老伴多一些，長大後模樣變了，說不出像誰。自己忙賺錢過生活，越來越少和進財碰面說話，「爸，呷飯啦。」進財總這樣喊，「爸」字說得急又快，有時還聽不見，也許根本就省了吧。

父子沒什麼話可談，進財無心學海事，說不定還瞧不起靠海吃飯的爸爸，沒差呀，少年仔有頭路，能獨立能過日子，做哪行都行。

老伴催著他給進財辦婚事，他才知道自己快抱孫了，這也無所謂，時代不一樣嘛，入門喜常聽說。只不過，媳婦的臉還沒看熟，生下天福就鬧離婚，進財把孩子丟給爸媽也離家，十多年過去，結婚照裡的臉孔都不真實了，天福早不再對著相片喊爸爸媽媽。

「會生不會養。」阿公有時和老伴這樣嘀咕。

老伴？這時候怕又是在神明面前求保庇：能多賺點錢，能找到好醫生，能祖孫平安……女人呀，操煩真多。

「天福，天福。」阿公拍打孫子臉頰，揉捏虎口、掐人中，喊他：「阿嬤在等你回家，天福，你起來，去打電話，阿嬤要聽你的聲音。」

「天福，阿嬤……」一口痰哽在喉頭，話卡住了，老人啐向旁邊。

腦中老伴那張臉孔模模糊糊的。她工作時多是花頭巾蒙面，天福可能也長得像老伴，嬤孫都一樣話少，「嗯喔」「哈哪」的短短應聲也同樣尾音低沉。

連性情都像。

老伴不怕吃苦，悶著聲、定住性，日子一天一天過，事情一件一件做，生活不就是重複那些家常瑣碎嘛？沒錢啦、病痛啦，問題都跟煮飯洗衣一樣平常。天福也很少吵鬧、索討什麼，飯菜簡單、玩具沒有，阿嬤要工作買賣，天福就跟在旁邊安靜看、幫忙小事。

老伴疼這孫，一心存錢要治他的多毛症。天福和同齡孩子處不來，就因為長相怪被嘲笑，小時候還哭過、拒絕上學，會游泳潛水後沒再掉淚了，大概是認命麻木，知道改變不了陸地上的事，只想躲到海裡頭。

這回帶天福出來流浪，孩子話多了些，比較有笑容，生活滋味跟在家在學校完全不同，應該是開心歡喜的，卻不知道今天在海裡發生什麼事？

「天福怎樣了？」好像聽到老伴在問。糟糕，老人回過神，忙又去推孫子。

「醒醒，天福，你起來。」聲音大得自己都嚇一跳，天福就這時候「喔」吐了個長長的嗝，跟著又是更長的噯氣。

老人皺起眉頭，天福吐呃出來的氣這麼腥臭，比爛泥腐魚還噁，捏住鼻子了喉頭和胃仍然不舒服。

天福繼續吐氣，每一次嗝氣都很長很久，溺水的人會吐出水來，天福肚子裡沒有水，全是臭腥濁髒的氣，阿公想不懂，他哪來這一肚子氣？

喉頭肚腸收縮擠壓的本能反射動作，慢慢叫醒天福。

迷迷糊糊中，天福感覺什麼東西頂住自己，舉高上升，接下來好一陣子，天福覺得自己化成空氣了，沒有依靠，只想往上衝、衝、衝。心裡有氣、胸口有氣、肚子有氣、腦子裡也有氣，嘴巴被氣衝開，腥穢味道嗆得喉嚨緊縮，吐、嗳、呃，沒完沒了的氣衝了出去。

衝出去？

天福看見自己用力推倒一個人，推開一群手拿便當盒敲敲打打又吼又笑的人，衝出去，沒命的跑，那些人喊：「猴山仔，毛猖，猴山仔猴山仔免穿衫……」

衝，用力衝，向前衝，把後面那些討厭的聲音甩掉。

他跑得很急，胸口很喘，喉嚨發緊，他想叫想吼只換來更多驚懼，腰腹間突然痙攣縮束，又一口穢氣衝出來，嗆得鼻頭咽喉噁臭，神智更加暈暈顛顛。

「救我，救救啊，救……」天福聽到喊聲，追在他後面。猶豫一下，他停住腳正要轉身，一個龐大身體撞過來，兩個人跌在一塊。

「死黑毛，石頭擋路喔，滾一邊去。」叫囂的是班上大胖「大摳呆」，成績很爛寫字難看賽跑最慢做事懶散，只有一樣厲害：耍賴。沒有人說大胖好，卻願意讓大胖跟著大家嘲笑天福。欺負這個全身黑毛的傢伙時，大家推大摳呆出面，他的聲音大、力氣大、膽子大，什麼話什麼事都敢說敢做，老師處罰也不怕，這種時候，大摳呆是英雄，威風得不得了。

被大摳呆撞倒，天福「哇」的吐出一灘酸臭髒水，就潑在大摳呆腳上。

「唉，唉，唉……」大摳呆叫得像被棍子打到的狗。有那麼慘嗎？不過是髒水，洗一洗就好啦，可是大摳呆喊「救命」喊

「痛」，仔細看，腳板不見了，大摳呆跪趴在地上沒法子站，那髒水把腳板蝕化了！

天福嚇一跳，「我怎麼吐出毒水來？」立刻又看見怪魚給一個箱子，還有怪魚吻在他鼻子和嘴巴，有個骷髏在海底漂，那是多深的海底呀？

很多怪魚咬著他手上的毛，把他抓拉浮升上來，天福看見箱子卡在岩礁縫隙，怪魚隨後四散游走了，這是哪裡？

「天福，天福。」是阿公在喊他。

「黑毛鬼，猴山仔，拔你的毛，剝你的衫。」是學校那些欺負他的人，天福跑這麼久竟然又被他們追上了。很多隻手要抓他手上的毛，有人拿石頭丟他，天福怕得張嘴吼叫，急急慌慌想躲進水裡。

「天福」，再一次聽到阿公叫喚，天福「嘔」一聲，又吐出長長一口臭酸氣，正正好就吐到那群人臉上。

「有毒，有毒」「退後，退後……」

哇哇啊啊，十多個人全都溜了，天福緩過氣，阿公幫得好啊。

6. 你們是誰

「天福，你起來。」

聽到阿公叫得很大聲，一定是生氣或有事要做，天福趕忙「喔」一回答，想從水裡站起身。

手臂很沉，腿腳很重，腰脊很酸，肩胛骨會痛，怎麼會這樣呢？他急得又嘔出氣來，眼睛用力睜開，先見到白亮亮天光，本能的又閉上眼睛，轉頭躲，覺得耳朵臉頰刺痛。

一隻手掌托起他的頸背，一隻手扶住他肩頭，用力把他拉坐起來，有個東西蓋住頭，天福聞出來是阿公身上的海水味道，眼睛試著睜開，先是一陣天旋地轉，想吐，嘔了幾聲，卻都是腥臭酸腐味道，把他嗆清醒了。

習慣周圍光線後，天福看清楚了，遮在頭上的是阿公那件潛水衣，不知道自己又多了什麼怪病，一肚子臭氣不斷冒出來，他只能撇過臉垂下頭，怕嗆傷阿公，忽然間眼淚就滾出來。

起先也沒發現自己在哭，等呃氣慢慢停了，胸口肚腹輕鬆通暢後，天福挺挺腰背抬起頭，奇怪怎麼滿臉的水，眼都花了，伸手揉眼睛才察覺是眼淚，並沒有悲傷或病痛，卻就止不住地落淚，該不會眼睛也有狀況吧？

阿公看著沒出聲。

人遇到重大刺激時會有異常或不合情理的反應，天福完全清醒了嗎？要先確定才好。身體動作看是沒問題，可是到現在沒開口出聲，不知道腦筋神智有沒有怎樣？

「嘔……」天福抹不完淚水，想找布或衣服來擦，開口要叫阿公，嘴一張開就又想吐，肚子裡一陣反胃翻攪，喉頭緊張，感覺臭氣比先前還濃穢酸腐，而且真有什麼東西要出來了，卻在食道咽喉上上下下。他忍不住敲拍肚子胸口，那東西卡噎住，一時間竟沒法呼吸，天福急得抓喉嚨，臉掙得紅通通。

還好阿公機警，拳頭朝天福胸突肚臍上用力頂，一塊黑汙汙臭物從天福口中噴出，落在礁石上。

吐掉鯁喉的東西後，天福整個人輕鬆了，「喔——」長長呼出聲，心裡鬱悶糾結的怒氣吐乾淨了，體內清爽腦袋靈光，連神色都開朗，再開口時臭味全沒了。

「阿公，有怪魚。」他第一個記起來的是那些「海鬼」。

老人家仔細看孫子。

天福的嗓音還好，清楚不沙啞，臉面也紅潤光亮，眉頭平闊，嘴角居然些微上揚，跟平日彆扭的模樣大不同，剛才那些是淚水嗎？

看多從海中被救起的人，老人家對孫子醒來後的連串反應感到迷惑。

奇怪著阿公怎麼沒說話，天福睜大眼來看，正對上阿公的視線，他又說一遍：「阿公，有怪魚。」

「什麼樣的怪魚？」阿公順著天福的話頭問，心裡更納悶，這孩子平日說話總垂著眼皮，怕跟人眼對眼，剛才祖孫對上眼竟然沒閃躲沒退縮，不太一樣。

「都是變種魚，像……」

天福正要描述，眼睛看到海水沖開礁石上一塊黑色石頭，漂在海水和石頭間竟不落下，「咦？」

是髮菜嗎？

「魚長得像髮菜？」阿公起先沒聽懂，注意到天福盯著什麼，也跟著看向那黑黑一塊，不就是剛才天福吐出來的東西？

「哎，那個臭摸摸的，別管了。」

祖孫倆忽然間都閉嘴。

天福覺得那整團漂盪著，被海水沖出幾條黑黑細線，很像毛髮，腦子裡立刻想到一件事，楞楞發呆。阿公看孫子臉上表情僵住，猜知有古怪，暫時也不追問，一下子就都沒話說。

「喂，你們是誰？在做什麼？」突然響起的叫喊就在前面海上，關了馬達的舢舨，船上兩個壯漢一高一矮，盯著天福緊瞧：

「你們是哪裡來的？」

阿公揮揮手：「無代誌，來『藏水微』的。」天福躲在阿公身後，手忙腳亂把潛水衣穿起來，知道四隻眼睛看著，儘量不現身。

「他呢？你什麼人？」

「孫子啦，不愛讀冊，甘願討海，帶他出來多學點本事。」阿公找話說：「討海不錯啦，辛苦點，靠自己打拼卡贏做歹子，阿若是要吃不討賺，那就了然囉。」

家常閒聊的一番話緩和了氣氛，不過舢舨上穿藍白橫條紋衫的高個子還是追問：「你們住哪裡？」

抬手指向旁邊，阿公爽快說：「昨天才來，隨便搭個寮仔，在那邊，要上來看嗎？」

「孫子多大了？躲起來做什麼？」個子矮的那人戴頂紅帽子，

臉上滿是皺紋，背有些彎駝，嗓音低沉，這樣問的時候像在親切打趣，天福忍不住露臉來看，卻對上一雙嚴厲眼神。

「阿公，我要下去了。」天福這樣說，倒不完全是想躲開陌生人的眼光，實在是潛水裝讓他發熱難受，要盡快泡浸海水才舒服。

阿公當然明瞭：「好，先下水，不過別離開。」又叫天福：「跟這兩位阿伯招呼一下。」

從小就教的事，天福記著，再怎麼彆扭也會開口：「伯啊，我叫天福啦，你們慢慢講，我先下海去。」他兩眼直視那兩人，不畏懼與人對望，聲音宏亮話也清楚，老人很安慰，孫子這次應對得極好。

那兩個壯漢很意外，天福的說話跟常人一般，看臉面也模樣正常，剛才是看錯了嗎？

「少年仔，忙你的，歹勢啦。」紅帽子揮一下手，天福很快往另一邊海水走去，腳掌的黑毛在水裡不顯眼，他自在多了。

這兩人是在地漁民嗎？阿公看舢舨上的漁具，大概已經卸下漁獲，不過早先在魚市沒見到他們。

「我帶這孫子全島海岸四處看，他學潛水進步很多。學技術卡贏讀死冊，我是這樣想啦。」阿公主動說：「等他這趟練完，我們就坐渡船離開再去別處，不會惹事啦，你們放心。」

高個子鬆開眉頭：「這樣就好，若沒什麼事，還是去別處，別在這裡。」口氣竟像要趕人。

「行啦行啦。」紅帽子的去駕駛臺喊兩聲，算是招呼，舢舨很快就噗噗噗轉往外海去，阿公有些意外，這個時候要去定置網或拖網作業嗎？

7. 跟魚說話

天福泡在海水裡，等阿公叫了才起身，手腳覺得軟，從一大早追怪魚到阿公叫他，有好幾個鐘頭了吧？沒吃早餐沒喝水，天福口乾無力，精神倒還好：「阿公，現在幾點？我好餓。」

阿公點點頭，回屋寮把早上買的麵羹和包子礦泉水拿來，天福已經換好衣服，先咕嘟咕嘟喝掉半罐水。祖孫坐進礁石洞躲日頭，體力恢復後，天福又說起怪魚。

變種魚，畸形是因為受傷或突變呢？有的還能看出原本的魚種，那隻螺絲紋長嘴扁魚，明顯是水針的身形，嘴變了身體也扁了，不過色澤條紋確定是。

「一隻愛心魚，嘴巴合不起來，張開一個愛心，這樣。」天福用手指比個心型，「我猜，是……」

「紅新娘仔。」阿公接腔，半開玩笑。

「欸，不像。」天福搖頭，「應該是赤筆仔。」身體黃色上有條紋，肚子紅紅的。

「另外一隻更奇怪，魚嘴也是愛心形狀，魚身掛滿水母，會開合開合，那個我就猜不出是什麼了。」又搖頭又聳肩攤手，天福十足的孩子氣。

海裡的魚何止百百種，哪裡能認得完，阿公不以為意，自己討海一輩子了，當然碰到過奇怪叫不出名字的魚，「你就自己給牠取名字吧。」

聽阿公這樣說，天福差點被嘴裡的食物噎到。

「黑毛鬼」「猴山仔」這都是學校裡那些人取的，天福到哪兒都被叫。

「我討厭人家給我亂取名字。」他想。

「當然不是隨便叫，亂取名字。」阿公好像聽到天福心裡的話。

「魚都有特別的樣子，再加上那條魚出現的海域、地景、魚群或漁場特色，都可以當作名字；只是自己知道留個紀錄，容易想起的，別人可能霧煞煞，聽無你講啥。」

喔，天福應一聲，笑了，「被螺絲扁水針戳一下腳底，我就手腳發麻不能動。」天福回想那一幕。

聽口氣並不慌張，阿公好奇他怎麼應付狀況？

沒辦法應付啊，整個人都沒辦法動了，「是那些怪魚咬著抬

著，我才能夠在海底蜇。」

「那換氣呢？總要浮出來呼吸。」

「不知道欸。」天福努力想。

愛心水母魚吻他的鼻子嘴巴，好像麻麻的，那時已經沒呼吸了，其他都像看電視，有聲音畫面，「我只記得看到箱子和骷髏，那顆頭披頭散髮，在礁盤下飛來飛去。」

「那隻乩童魚說箱子送給我，怪魚會保護我。」

箱子從一條海溝浮上來，停在天福面前，又跟隨乩童魚繞著人頭游一圈，「是蝸牛魚從海底下頂起箱子游動，牠們把箱子塞到我手裡。」

魚嘴咬住手指上的黑毛，拉開兩手掌後把箱子放在手掌間，又

推合手掌夾住它。

「箱子是骷髏的，綁在他身上沉下海底。」

「是蝸牛魚把箱子塞到我手裡。」

「海鬼說會保護我，所以我沒沉下去。」天福看看手背，黑毛都被怪魚咬光了，再看手心，居然沒傷痕，乾乾淨淨的。

「誰是海鬼？」阿公皺眉頭問。

「就是那群怪魚呀，乩童魚跟我說話，說牠們不會產卵，游得慢，什麼都吃但是沒有魚敢吃牠們。」

「你會跟魚說話？」阿公沒想到孫子竟然有這種本事。

「嗯」，天福遲疑一下：「我說的話牠聽得懂，牠說的不是人的話，可是我懂呀，就這樣。」

果真是老天爺賞飯吃！老人家心裡喟嘆。

雖然沒把握「能跟魚說話」這件事，對討海捕魚有多大幫助，起碼證明天福不是普通人，「江湖奇人有異相」，再看看天福，確實啦，猖猖渣渣的黑毛沒人有的，但那頭臉身軀都好看，心性也端正，只要別鑽牛角尖，不走偏，海裡一定是他顯身手的舞臺。

「走吧。」老人家站起身。

拿起潛水裝備，把用過的塑膠杯袋通通塞成一包，阿公帶頭矯健爬過礁石。

「去哪？」天福以為阿公要找箱子或怪魚，看老人家往岸上屋寮走，很詫異。

「剛才不是跟人家說了嗎？我們去別處吧。」

剛才？天福再想想那兩人說的話，阿公是聽出什麼意思呢？

悶悶收拾行李，天福好幾次停下來發呆，阿公眼角瞅著，等東西都捆紮好才告訴天福：「先放到你那個洞去。」流浪的生活行李簡單，可以說走就走。把帆布袋扛在肩上，阿公繞過另一邊礁石，找到天福睡覺的「房間」，只是老人家似乎沒打算離開，天福完全猜不透阿公的心思。

從礁石洞看向海面，視野開闊，天福呼口氣，鬆了肩膀。祖孫一同看海，遠的近的海水，陽光照亮海風撥湧，還有海鳥啊啊飛過眼前，天福覺得平靜安適，如果日子都這樣他會很喜歡。

「你說的怪魚，裡頭有那隻人面魚嗎？」阿公簡單問。

清早拿漁獲去賣，碼頭那邊都在說那隻人面魚，不知怎樣溜掉了。

「整船東西好好的，沒移動沒減少，就只少那條魚，會是神明來放生嗎？說不定是捉到神仙魚，還好沒殺來吃……」

討海人對神靈的事特別在意，雖然沒傷害那隻怪魚，但憑空消失總是惹來揣測議論，就怕是來示現什麼旨意或災厄，大家的口氣有猜疑、惶惑和慶幸。

老人家轉述時輕描淡寫，卻多看了天福幾眼。

「阿公，是我放了那條魚。」天福對上阿公的視線，坦白說了昨夜行為：「我不是偷。」

「那條魚又在早上我潛水時來找我，就是牠跟我說話，帶我看那個骷髏頭和那群海鬼。」

「牠說我救牠，牠會保護我。」天福覺得魚跟人一樣，知道誰對自己好就來感謝。

「牠來報恩的。」天福迎著阿公銳利眼光，說得肯定自信。

魚來報恩？老人不置可否，心裡琢磨的，是天福大轉變。

在海裡一個多小時，不但能跟魚說話，手背黑毛清得乾淨光潔，整個人開竅了似的；他嘔出那些臭死人的穢物，倒像擺脫罪孽禍根，是怎麼有那種東西在他腸胃裡？看樣子個性都改了，真的是脫胎換骨……

8. 五星級度假

站在礁石洞看海，阿公對天福放走人面魚的事沒再追究，只說：「出門在外別惹事。」不是責備教示的口氣，是種提醒。

天福點點頭：「我知道。」

注意到天福不是答「嗯」，阿公微微頓一下：「我打算再下去一趟，你可以嗎？」指指海面，阿公像在問工作夥伴。

「我？可以啊，要看怪魚嗎？」天福眼睛發亮：「我去拿潛水裝。」說著就去翻找帆布袋。

「欸」，阿公應一聲：「去看那個錨，記一下位置，也……看怪魚。」重要的是確定天福的體力水性，心裡有沒有陰影。

阿公穿戴潛具時，天福已經先下水了，不過刻意避開剛才嘔吐的那群礁岩，是怕味道或什麼？

阿公動作沉穩，下水後先停在陸棚，錨在前面不遠處，天福指出方向，原來他是找最近的路線。

檢視過錨體，祖孫又在附近尋找。阿公要看有沒有沉船的物品，天福心不在焉，盯著身邊穿梭的魚，沒見到奇怪魚隻。

「海鬼不會在這裡。」他想，怪魚應該都躲在不容易被發現的下層海域，「乩童魚是特意來找我的。」

阿公比手勢，要上去了，天福轉身時瞥見底下有異樣，腳趾勾一下，翻出一隻大蝦，竟然是白色淡藍光的龍蝦，忙伸手去抓。

就算看多各種漁產，阿公也是頭一遭見到白龍蝦，而且特大隻。「你打算怎麼處理？」是孫子抓到的該由他決定。

天福看一下阿公。他知道像這樣的變種大蝦是稀有寶貝，可以賣不少錢，家裡阿嬤省吃儉用辛苦存錢，就為了想給他找醫生治這一身毛，能多一筆收入總是好的。

可是，白龍蝦在海裡才能精彩活著，去到陸地只能被吃下肚，或被養著觀賞；特殊的生命應該有特殊的遭遇和價值，天福突然想到自己也很特殊。

「我就像牠！」「我不喜歡被圍著看，被隨便嘲笑欺負。」

「阿公，我想放了牠。」天福說完後等著，沒立刻鬆開手指。

「行。」老人家尊重孫子的決定。看天福鬆手讓白龍蝦回海裡，祖孫相看笑開了，錢不是衡量一切的標準，他們很有默契。

「阿公，你記好位置了嗎？」天福主動開口詢問，記起怪魚給的那個手提箱，說不定裡面有值錢東西，「我再去找找那個箱子。」

阿公隨他去，自己收拾起潛水裝具。年紀大了，才這一趟就覺得手腳鈍重，撿那個小皮袋花工夫，若早幾年根本不是問題。

還沒空去檢視小皮袋，耳朵聽見隱約馬達聲，有船，擔心遇上早先那種麻煩，老人拿起東西避到洞裡。

錨的位置已經記好，等回去後再查資料，去年合作的老闆或許有興趣來追一下。昨天孫子找到的東西，得找行家鑑定，全都收在帆布袋裡，希望有些值錢貨。

海底撿的可不一定是寶，能賣錢當然好，能自用也不錯，就怕撿到招禍惹麻煩的東西，沾了晦氣或災厄上身，這種事常聽說，處理不好會一輩子倒楣。

「千萬別財迷心竅不信邪。」阿公帶天福潛水時早早叮囑過了：「碰到的是緣分，刻意挖找的就不好了。」

阿公掂掂手上東西，嘴皮掀合用氣聲招呼：「嗨，咱相遇有緣，借看一下，若有失禮請原諒，多包涵。」說完，稍稍等了一下。

他手中小皮袋是錨旁邊的珊瑚礁上看到的，起先看以為是海膽，後來發現它有皮繩穿過珊瑚孔洞，不想傷害珊瑚，花了點時間去拉出來。

皮袋約手掌大，打開看，是些硬硬涼涼的石頭，玉石嗎？洞裡光線昏暗，老人家眼力看不透，不想再研究，把皮袋束攏放進口袋。

聽聽外頭，船聲繞著礁岸慢慢移動，似乎要找停靠點。經驗讓阿公直覺蹊蹺，安靜不動，偶爾的模糊人聲聽不清在說什麼，也許是吆喝也許是勞動喘氣。

想像並不實際，但阿公多少猜到些什麼，更加小心不出聲響，心裡只希望孫子別在這時出現。

天福原本在找手提箱，忽然記起自己放置幾個陷阱要捉魚蝦，就先去收了陷阱，把幾隻龍蝦和金梭放掉。

「好好去玩吧。」他還沒說「再見」，魚蝦早就竄逃溜走。

要找的箱子不知落在哪裡，天福空手回岸上，那艘船已經離開。阿公等著，天福很快換好衣服，依舊是長袖長褲圍條毛巾戴上帽子，手套也戴起來。

阿公看看天福。

來去都是這樣穿，前天來時還板著臉瞪著眼，一副彆扭惹不得的架勢，現在倒是輕鬆自在，眉不皺嘴不嘁，好像隨時會跟人招呼哈拉。

「這種度假不錯吧？」阿公開玩笑。

哈哈，天福點頭跟阿公笑。隨遇而安的流浪，他都想像自己是條魚，在陸地上的空氣裡游泳，身上沒有錢，可是他不擔心也不覺得苦，少了被同學嘲謔欺凌的場面，他真正體會到快樂自在的滋味。

「五星級的。」天福回答阿公。

老人家很欣慰，眨眨眼，稍微撇過臉。

孫子不一樣了，回去後老伴一定看得出來。

當初放下正業和兼職，錢不賺四處玩，一些同行和厝邊隔壁都搖頭，老伴也擔心。可是天福在學校不好過，別人打架鬧事闖什麼禍，全賴到天福身上，這孩子說不過一大堆壞嘴巴，身上也許沒有皮肉傷，心裡的傷口可大了，別人又總拿「爸媽都不要」來訕笑謾罵他。

正要轉大人的查甫囝仔，天福像快爆發的火山，早晚會情緒失控惹出事來，想要換環境也不容易，兩個老的實在沒有更好的方法，就先帶他出外走走吧。

老伴守著家，船暫時租給同行，沒旅費就一路捕魚賣錢，起碼讓孫子知道如何養自己，不偷不詐規矩做人，目標就這麼簡單，哪知道天福變開朗了，還能跟老人家貼心說笑。

「走吧。」

看阿公拎起帆布袋，天福趕快接過去：「這個我拿。」一把舉到肩上扛著。

9. 曲折的心路

坐在渡船上，阿公閉眼打盹，天福原本想問什麼，怕吵到阿公，便垂下眼皮望著船板發呆。

國小畢業前，老師要造升學國中名冊，班上除了一兩個要去外縣市就讀，其他人幾乎都讀同一所國中，天福也是。同學故意哀叫驚呼：「慘了，我不要跟猴山仔同校。」「黑毛鬼也要來喔？麥啦……」誇張到要嘔吐想昏倒，存心羞辱天福。

可以不要讀國中嗎？

「我想跟阿公去捕魚潛水，工作賺錢。」天福告訴阿公阿嬤。

他的成績不錯，就是沒興趣上學，真正有用的學問都在生活裡，像阿公那樣凡事動腦筋靠經驗，他跟著看跟著聽跟著做，學到的就比在學校上課還要多。

「興趣是一回事，書還是要讀。」阿公沒說行或不行，只說讀國中是基本義務，讀了才算盡本份，卻又讓他休學出來旅行，果然是如他的願，跟著阿公到處潛水捕魚。

新奇刺激的生活沒有物質享受，阿公不囉嗦但堅持一些事，像是要求天福跟人打招呼，估稱魚貨的重量價錢，多看多聽多做事少說話等等，其實也不難，就只有打招呼這事最讓天福彆扭。

「不會打招呼，要怎麼跟人開口請教問事？」阿公的道理簡單明瞭：船班車班沒告示沒站牌，都要張嘴問人，「嘴巴就是膽。」

天福不認為嘴巴可以跟膽量畫上等號，阿公的話有些武斷，雖然人不可能樣樣懂，碰到自己不清楚的事情還是要問問別人，不打招呼哪行，可是也沒必要遇到任何人都去招呼吧？

「如果是條魚，我一定會跟牠打招呼。」天福想到這裡不覺笑起來，學校的同學都只是小魚，自己應該是乩童魚那種海鬼等級。

把人當作魚看待是個好辦法，尤其遇到陌生眼神，就先評論這該是什麼魚，靠這一點點小小趣味消退他的彆扭，打起招呼就順利也習慣了。

老人家不知道孫子心裡有這些曲折，只知道他怕跟人打招呼。記得頭幾次，阿公連催三四遍，天福才勉強臭著臉叫人，眼皮不抬就算了，連頭都低著，心不甘情不願的。後來會開口也會跟人點頭，眼睛還是不敢對著人看。

這回出來流浪，到目前，天福自覺進步最多的不是泳技漁事，竟然是跟人應對招呼這一項。

渡船穩穩前進，馬達聲「波波波」，天福聽著聽著，一塊黑色石頭出現在腦子裡。

天福記起自己吐出來那臭爛噁酸的怪東西，海水沖淘把那團黑塊撞散了，飄出細細糾結的黑絲線條。

「它們是我身上的毛！」天福很確定，從肚子腸胃嘔出來的，絕對是自己嘴巴啃咬吞吃下去的。

每次被人嘲笑欺負，回到家就鬧情緒，阿公不常在家，招呼他的只有阿嬤，要忙小生意忙家務三餐，還要忙應付天福發脾氣。

阿嬤看過他哭，聽過他叫，知道天福討厭自己跟別人不一樣。小時候，天福怪阿嬤沒幫他想辦法，不帶他去看醫生，長大後看阿嬤陪他紅眼眶擦眼淚，聽到阿嬤護著他跟別人粗話對罵，天福才懂阿嬤的操心。

從此，放學回家後他什麼事都不說，一肚子委屈怨悶仇恨，發洩的方式就是洗澡，用力搓抓，拿刀片刮剃，一心要除掉身上的毛，經常弄得皮肉滲血，手腳都是傷，痛啊。

有時他想像自己正在對付那個大摳呆，抓住大胖手臂撕剝，一把毛扯下來就往嘴裡塞，「我吃了你！」

更多時候，他是直接咬自己手臂上的黑毛，恨恨的嚼，硬吞，彷彿嚥下仇視的敵人就可以消滅它們。

有一陣子他沒再這麼做，是被一個噩夢制止的。

夢裡他把自己身上的毛全拔光，乾乾淨淨很好看，以為沒事了，誰知毛長進肚子裡，從嘴巴鼻孔耳朵伸出來，他變成另一個更可怕的怪人。

嚇醒之後他不敢再吞毛髮，卻更加悲傷，為什麼黑毛要跟定他？

西瓜籽吞下肚，不會有西瓜從肚子裡長出來；吃魚吃雞，不會有魚或雞從嘴裡跳出來；倒是寄生蟲卵，有可能在腸胃裡長大。確定這些事後，天福比較放心了，反正大家習慣他全身黑毛的樣子，再怎麼難看也就是這樣，夢裡頭那個妖怪讓天福覺得，現實中的自己還算好。

「假裝我穿黑熊皮毛衣在演戲。」他轉念頭這麼想，安慰自己。

實在很氣惱某個人時，天福就在心裡咒罵那個人：「把黑熊皮毛衣脫下來給你穿！」免不了想報復。

吃下去的黑毛沒被消化、排泄出來，堆在胸腹腸胃裡，發臭酸腐了，早晚要生病的。憋囤的悶氣和毛髮，如果都能夠吐光那也好，長久以來的怨怒憤懣、悽愴委屈，種種鬱積的情緒通通要吐乾淨。

想到這裡，好像丟掉身上沉重負擔，天福感到沒來由的輕鬆。記著那些討厭的人和事做什麼？就算再回到學校上課，會遇到的場面都經歷過了，也不需要去在意計較。

下了渡輪又是一個新地頭：西子灣、柴山。

下午三點多，天空陰灰有點細雨，阿公往山裡走，天福背著行李沿路看。高處有廢置的野戰碉堡，低處有人家有宮廟，還有鐵絲網檢查哨；路好像只有一條，卻又隨時碰到有人從哪個山壁轉角走出來。

聞到海的氣味，在風裡淡淡來去，天福深深吸氣，有海就好，魚游在空氣裡不真實，要進了大海才能暢活伸展。

往下走，先找個能窩身的洞或避風雨的屋牆邊坡，天福想起曾睡在廟的大香爐邊，還去跟警察借過廁所，候車亭、公園涼亭座椅都睡過，天沒亮就收好行李走開，除了不能沖涼洗澡，這樣的日子其實很好玩。

從狹窄山路邊坡下到底，是大小石頭堆聚的碎石灣，有塊兩人高的大礁踞在前面不遠的淺海，放下行李，祖孫先歇喘，站到潮線吹海風。

阿公習慣性看看天色，烏雲滾動推擠，灰暗裡有點紅，鼻子抽抽覺得風大，看樣子會有大風雨，今晚還是去借廟亭睡吧。

帶著天福又回到山路，「要變天了，我們去別處。」阿公說。

10. 阿嬤受傷了

來到廟埕外，天福主動想跟阿嬤通電話，這個時候阿嬤應該在家，可是電話響很久沒有人接，天福請阿公試試也一樣，家裡電話故障嗎？阿公乾脆打給隔壁的金定。

「喂，送去醫院啦，跌倒，腳不能走了。」話筒裡面嚷得劈劈啪啪嚇到天福。

剛才在渡輪上突然惦記阿嬤，感覺聽到阿嬤喊他名字，腦子裡一直浮現家裡客廳廚房的影像，沒料到阿嬤出事了。

老人很快想過：旅行只能到此為止，老伴要有人照顧，家裡沒有收入也不行……

「天福」，老人想著怎麼開口：「回去後……」

「阿公，我會去醫院陪阿嬤。」天福知道家裡的境況，自己還不能出海捕魚，至少要分擔家務、照顧阿嬤。

「等阿嬤好了，我就回學校念書。」天福對著阿公眼光，沒有退縮，似乎早就想清楚，有了決定。

「好。」老人點點頭，越發確定這孩子值得栽培。

搭車趕回家，祖孫倆丟下行李就去醫院。

看到阿公和天福，陪在病床邊的秀枝姨比阿嬤還高興：「哇，你們回來了，真好，真好。」原來阿嬤一直睡不著，秀枝姨想回家又不放心，不敢自己走人，正在發愁。

阿嬤的腳有皮肉傷，右手手腕骨折，是跌倒時手去撐，歪倒滑掉造成的，這都算好處理，醫師擔心的是查不出跌倒的原因。

「我走得好好，不知怎樣就倒在地上。」阿嬤也不清楚：「跌倒就跌倒了，要有什麼原因？」

阿公向醫生仔細詢問阿嬤的傷勢和預後情況。

「會好的，別急著用力，別動到，讓骨頭長合，會好的。」醫師看著x光片這麼說，天福默默點頭。

「要休息多久？」阿嬤掛意這點。

「一般都要三四個月，也有人花半年，各人不同啦。」醫師說得很客氣。

阿公倒是很直接：「安啦，你很勇的，不用那麼久啦。」大手一揮，阿公把醫生的臉都遮住了。

「你多吃點魚，鮮魚湯做開水喝，很快就生肉長合了，海邊人最知道。」

不知是相信阿公的每一句話，還是看到老伴帶著孫子陪在旁邊，阿嬤竟然鬆開眉頭笑了。

阿公決定辦出院，接阿嬤回家，天福猜是擔心醫藥費，不免想起那隻白龍蝦，如果拿去賣也許值上萬元，自己放了牠到底對不對？

回到家阿嬤躺在床上嘆氣：「唉，真想要起來走走，這樣躺得全身酸，沒病都會有病。」

聽到阿嬤發牢騷，天福坐在床邊，扶住阿嬤的背部腰部，用掌心貼著揉按。他動作小心，輕輕慢慢的畫圈，不敢太用力，才數到第十圈，感覺阿嬤很安靜，仔細看，阿嬤合起的眼皮輕輕顫，是睡著了。

總算阿嬤能安穩熟睡了，接下來只要按照醫師交代用心照護，吃魚肉喝魚湯，把營養補足，阿嬤的手腳傷很快會好的。

想到煮鍋鮮魚湯，天福去廚房。瓦斯爐和鍋具他會用，冰箱有魚，就照自己和阿公吃的那樣煮嗎？

遲疑一下，天福去問隔壁金定姆。

「姆啊，可以教我煮魚湯嗎？」

金定姆正坐在門前補漁網，仰頭看見天福拿著鍋子鞠躬問話，不覺笑出來：「啊，你要學煮呷喔？」放下魚網站起身：「來，我煮一遍給你看。」

金定姆先探視過天福阿嬤後，再跟著天福來廚房。

清洗魚身、刮鱗剖肚、掏挖鰓腸，這些天福都會，只是不清楚放薑蔥和調味的講究。金定姆告訴他：「切蔥段，蔥白去爆香，再放下水，等水滾放魚。」

金定姆邊說邊做，洗蔥切段，開爐火、起油鍋爆香蔥白，放水，動作俐落像變魔術。

「像你手盤這麼大的魚，大概用三碗水去煮就可以。要注意爐火，別燒焦，中中的火就可以。」

「鹽喔，大概這樣半匙多些就可以。」金定姆找出鹽罐裡的小匙，舀給天福看。

認真聽、注意看，天福連聲說：「好，好，知道。」聞著蔥香吸口氣，又說「好香。」送金定姆出去時，天福很感謝：「姆啊，謝謝。」靦腆笑笑再鞠躬，轉身又回廚房守那爐火和鍋子。

魚湯煮好，香味把阿嬤叫醒了。小心扶阿嬤坐起來，靠在棉被堆上，天福手忙腳亂盛好一碗魚肉，另外倒出魚湯。阿嬤先喝湯，咂咂嚐一口：「好喝。」很快喝完一碗。

吃魚時天福先挑出魚刺再餵阿嬤，開始幾口常掉落，阿嬤教他：「你先放湯匙裡，我自己吃。」

「喔，好，阿嬤你坐好，我去拿湯匙。」天福跟阿嬤笑一下。

整條魚吃完，魚湯喝光，阿嬤笑吟吟看著天福收拾鍋碗，視線追著他進進出出。孫子抽高了，身形像個大人，不知道頭殼性情轉大人了沒？

正想著，天福回頭問她：「阿嬤，你坐累了嗎？」發現阿嬤在看自己，以為老人家有事：「要不要躺下來？還是要去廁所？」

「你不是要洗碗嗎？先去忙，我再坐一下。」

耳朵聽著廚房匡噹聲響，阿嬤嘆口氣又點頭笑起來。

「孫子現在會跟我說話，以前都奧臭著臉不吭聲，像我欠他多少錢。他笑起來真好看，有點明星樣，可惜就不笑，國小畢業前更是整天結屎面，就怕他拿刀殺人。剛才不但跟我笑，還會扶我，餵我吃魚，魚煮得也好吃，是哪時候學會了……」

「阿嬤」，聽到天福叫，她猛然睜開眼，發現自己歪靠在孫子身上。

這麼近看著天福的臉，她笑一笑，順勢摸摸孫子胳臂，「你的臉曬得這麼黑，頭髮也長了，在外面不好過吧？」

「不會呀，我跟阿公說是五星級的旅行咧。」天福伸出手，五根手指頭張大了向阿嬤說：「五星級的喔。」

話裡聽得出歡喜和得意，眉眼嘴角都是上揚的。「唉，從他小時候到長大，都不曾這樣歡喜過。」阿嬤心裡嘆氣，嘆天福也嘆自己。

「不錯啊，真臭屁。」她故意逗這孩子，想多看看他的笑臉，卻忍不住打個大呵欠。

「阿嬤，你睡啦。」天福守在旁邊不敢再離開。

剛才阿嬤打瞌睡，身體偏歪了，幸好他來找阿嬤問事情，險險搶上前擋住，再慢一步或遲一秒，阿嬤就跌滾下床。

「床邊要擋住才好。」他想。

11. 幫阿嬤送貨

等阿嬤睡熟，天福去把高腳靠背藤椅搬來。

藤編的椅座已經破損凹陷，阿公拿塊木板架著，不坐人了改放東西用，不過它的扶手高，椅背也高，挨著床沿正好做護欄。

清走椅上的雜物，天福坐下來，看著房裡擺設發楞。

椅子老了，櫥櫃老了，房子老了，阿嬤的頭髮灰灰白白，可是窗戶乾淨明亮，屋裡收拾得整整齊齊，做生意的籮筐堆在角落各有位置，阿嬤每天打理這些事情，受傷之後，阿嬤不可能再整理了，屋子會變成什麼樣子？

喔，天福猛地起身，去把帆布袋裡的衣物找出來，泡洗衣粉，又洗米下電鍋煮，再準備煮一鍋魚湯。他要盡量維持家裡的作息，至少要讓阿嬤放心休息幾天。

那些小生意呢？曬乾的魚貨要快點去賣，放久了風味差價格也會掉。

「我去擺攤賣」，這念頭把天福嚇住了，差點忘記正在煮魚湯。

鍋蓋匡噹被推開，魚湯溢出來，天福七手八腳擦抹整理，爐臺有些髒，不知阿嬤都怎麼清洗的，這要記得問。

飯和湯煮好，天福叫醒阿嬤。

老人家其實早被鍋蓋聲吵醒了，躺在床上聽動靜，聞到飯香和魚湯味道，心裡很安慰，沒想到天福會主動做飯，莫怪老伴說孫子會照顧我。

陪阿嬤先去上過廁所，再讓阿嬤躺靠著床頭吃飯，天福不好意思的問：「阿嬤，我不會煮菜，去買罐頭給你配飯好嗎？」

「吃飯配魚吃就好啦。」老人家不愛吃罐頭，咬了兩口飯後突然想到：「天福，冰箱裡有醬，你去找來拌飯。」

咦，那不是要賣的干貝醬嗎？天福拿一罐來，「這個嗎？」

「欸，你打開，舀一些拌你的飯。」阿嬤看著天福：「這會辣，你吃就好，我有傷口不能吃辣。」

喔，天福趕快說：「我有魚頭可以啃就能吃好幾碗飯，這罐醬還沒開過，先留著以後可以去賣。」

他多煮了兩條魚，把魚肉挑給阿嬤吃，剩下的魚頭和魚架子自己啃，咂咂吮吮吃得乾乾淨淨，扒完兩碗飯。

湯很濃，阿嬤喝完半碗，笑起來：「你這要是去賣一定賠錢，本太厚了。」

看阿嬤吃得高興，天福很開心：「這樣營養才夠，阿公說要你當開水喝啊。」邊說邊又幫阿嬤舀滿一碗湯：「來，湯還有喔，要多喝點。」

嬤孫說說笑笑吃完飯，老人一時也睡不著，天福趁機問阿嬤要吃什麼菜，怎麼做，爐臺怎麼清潔，東聊西扯，把想知道想學想做的事全拿出來問。

阿嬤一件一件教，一樣一樣說，以為孫子只是陪她休息、打發時間，隨口問好玩的，沒注意到天福認真聽用心記的神情。

「阿嬤，你的小生意不能做了，那些乾貨怎麼辦？」天福想到籮筐和那一袋袋蝦米小魚乾，「不能放太久吧？」

「還有魷魚乾、海菜咧，好多樣，是要盡早賣掉才好。」阿嬤拿不定主意，要盤給誰呢？還有幾個口頭訂貨、約好日期要送去的客人，該連絡人家，讓天福跑一趟，只是不知道這孩子肯不肯去跟人家應對？

「有客人訂了貨，你可以替我送去嗎？」阿嬤問。

「好啊，可是家裡沒有人陪你，我等阿公回來再送過去。」天福的考慮讓阿嬤意外又高興。

「不要緊啦，你出門時跟隔壁秀枝姨或金定姆說一聲，請她們來陪我。很近，騎腳踏車不用多久時間，你快去快回就不會麻煩她們太久。」

阿嬤細心告訴天福，怎麼跟客人應答，收多少錢：「如果對方說下次一起算，那也要謝謝人家。」

「如果人家嫌貴想要點便宜，那就說『秤頭很實在，不會讓您吃虧啦』，零頭尾數不用拿。」

盯著天福把要送的幾大袋乾貨拿到床邊，阿嬤一一交代清楚，送去什麼地方給什麼人，貨名和數量各不同，阿嬤要天福用不同色的塑膠繩捆紮，免得弄錯。

「你踏車小心，物件載好。」

頭一次讓孫子幫忙送貨，老人家有點嘮叨、不放心，天福倒是很篤定，扛起幾袋乾貨走向外：「阿嬤，我先去隔壁請人來陪你。」

不一會兒，金定姆來了，天福跟在後面：「阿嬤，我先去送貨，回來再洗碗。」又向金定姆鞠躬：「姆啊，麻煩你，謝謝。」

矮胖的金定姆笑呵呵，一屁股坐到床邊藤椅上：「沒麻煩，快去吧。」

兩個老姊妹看著天福背影，不約而同嘆氣又同時笑起來。

「他會幫你煮魚湯，也肯出門送貨，不簡單，怎會變這麼多？」金定姆知道天福愛鬧彆扭，以前遇到了都低頭不看人、不吭聲的。

「阿蕊呀，你有福氣，孫子越大越乖，知道幫忙。」說了天福請她教煮魚湯的事，金定姆又大力稱讚：「你不知道，他笑咪咪有點歹勢的樣子，有夠古錐，擱真有禮貌，說謝謝還要鞠躬，哇，以前才不會咧。」

「會不會是長大就懂事了？」阿蕊問金定。

「長大喔，有啦，像大人體格，連說話口氣也有點大人樣。」

金定停一下，又說：「不過，大漢也不一定就懂事。你看嘛，那個大摳堂仔都幾歲了，一座若山，長那麼大有比較懂事嗎？」

大摳堂仔？阿蕊想不起來：「誰呀？」

「時常欺負天福的大摳呆啦，他爸做董仔，有錢有勢，兒子不愛讀冊，別項沒學到，糟蹋人最會。」金定說得氣呼呼。

阿蕊記起來了，那個大胖聽說上國中後更不受教，課堂上會跟老師拍桌對嗆。和阿蕊一同擺攤的小販，家中都有孩子讀國中國小，婆婆媽媽聊起來，經常會說到大胖，都怕自家小孩被欺負，或是有樣學樣被帶壞。

「家裡面大人都沒有在管教嗎？」阿蕊搖頭。

「獨子一個，哪捨得管教啊，頂多說兩句，無要無緊，做做樣子。」金定嗤嗤哼哼：「寵豬舉灶，寵子不孝啦，還是你巧，囝仔從小讓他做，吃點苦沒關係，像現在天福學送貨，以後自己做老闆，有出息。」

豎大拇指說讚，金定和阿蕊都笑起來。

12. 天公仔子

聽到隔壁金定說天福肯吃苦，以後一定會做老闆，阿蕊這個做阿嬤的搖搖頭。

以後還很遠，現在只希望自己手腳趕快好，再拚一陣，等錢存夠了就帶天福去大醫院找醫生……

阿蕊邊笑邊想心事。

「免煩惱啦，一枝草一點露，天福仔是天公仔子，你忘了喔。」金定知道阿蕊最在意孫子一身黑毛，體己安慰的話說得很含蓄，姊妹淘做久了，阿蕊會聽懂意思的。

天公仔子有福氣，天福若沒那身黑毛，應該也是規矩的學生，怎會不讀書去流浪？誰知流浪一趟回來整個人就開竅，這真正是福氣，天公有保庇。阿蕊想到這點心裡不再糾結：「你說的對啦，就要往好處想，日子才不會難過。」

停好腳踏車進屋的天福，只聽到阿嬤的話尾「難過」，讓他嚇一跳：「我回來了，阿嬤哪裡不舒服？」

「哇，這麼快，你……」金定還沒說完，阿蕊插進來：「沒啦，我無不爽快啦。」

「天福仔，你騎車用飛的喔，這麼快就回來。」金定姆打趣的話逗笑天福，嘴角揚起來，神情也放鬆了：「姆啊，謝謝你，請你呷涼。」

一杯杯水送過來，天福主動說：「老闆請我的。」

送貨都順利，有個瘦高老闆娘交代下個月還是同樣送，另一個麵攤的阿伯多問了幾句話。「他講得笑哈哈，請我喝水。」天福把貨款交給阿嬤，一邊說。

「他問什麼？」阿蕊和金定都好奇。

「問我是誰？多大了？今天怎麼沒去上學？還聊魚貨的事，說他愛釣魚，問我有興趣沒？」

天福又把如何應答一五一十說了。

豎起耳朵聽，阿蕊注意看孫子神色，沒有奧臭著臉，還有點得意。

「我是阿蕊仔的孫子，讀國一，阿嬤跌倒要休息，我先陪阿嬤，等她好了我就去上學。」

「我卡愛游泳，魚仔用釣的要花時間，跳進海裡抓比較快。」

聽到末尾，兩個老姊妹同時笑出聲。

「嘿，少年仔，你是在招那個阿伯去游泳嗎？」金定抹抹眼角站起來，「蕊呀，你睡吧，卡暗咧我再來看你。」

彎腰誠心謝過金定姆，天福讓阿嬤躺好，自己坐在藤椅想著等會兒做事的順序，洗衣服洗碗洗爐臺，晚上除了煮飯煮魚湯，還可以煮什麼？今天已經麻煩金定姆很多了，不然就等阿嬤醒了再問她。

轉頭看一下，發現阿嬤亮睜著眼看他，接到天福的視線後，阿蕊慈藹笑笑，問他：「你不去睡嗎？累不累？」

搖搖頭，天福以為阿嬤指送貨的事，主動說：「以後要送貨就叫我去，阿嬤是擔心那些乾貨嗎？我可以去擺攤子賣。」

「你想學做生意？」阿蕊很意外：「你不怕人……」話頓住，

一時不知道如何講下去。

大概猜出阿嬤要說什麼，天福自己接話：「我不怕被人家看，也可以和人說話眼睛相對看，阿嬤你別擔心。」想了想又說：「人家如果看我奇怪長黑毛，要笑要問都沒關係，我不會生氣的，做生意不能得罪客人。」

這是旅行時阿公教過的，天福記住了，這時候說出來有點老氣橫秋，阿蕊聽了心酸也安慰，確實是要這樣，天福才能踏入社會，卻不知他做得到嗎？

做得到嗎？

接連幾天，天福沒閒著，除了基本的洗衣煮飯，他還照阿嬤平日的習慣，刷馬桶、洗浴室、擦拭窗戶櫥櫃桌椅、掃地拖地、整理屋子裡外。

「跟學校的打掃工作一樣。」他想。

學校裡同學欺負他，最髒最累的工作都丟給他，像掃廁所倒垃圾，大家捏住鼻子叫他一個人負責一座廁所，做習慣後反而覺得輕鬆，那些討厭鬼沒在旁邊使壞，他可以把事情安心做完。學校裡這種單調反覆的清潔打掃工作，不需要傷腦筋發脾氣，「沒什麼難的。」

阿公私底下問過老伴。家裡乾淨如常，老伴復原也順利，小生意斷斷續續還有收入，原來都靠孫子天福勤勞肯做。

「沒再看到他使性子、生悶氣，話也說得多了，要問什麼就先笑笑，又什麼都問，每樣都願意學願意試。」阿蕊仔細形容。

這些日子下來，連她自己也話多了，不像從前只用耳朵聽，嘴巴「嗯啊、哈哪」少少幾個詞。

賣乾貨有被刁難、欺負過嗎？這就不知道了。

天福會說擺攤的種種，錢賺多或少阿蕊沒在意，要緊的是孫子和客人還有同行之間的應答互動，天福的口氣通常是新鮮興奮或是不解，偶爾批評些什麼都無關緊要。出門是很起勁期待的表情，回家進門會先喊：「阿嬤，我回來了。」音調也都是歡喜帶勁的。

「看起來，他是做的真有興趣，有心要學。」阿蕊告訴老伴。

天福的阿公聽聽沒作聲。孫子肯學，開竅了，這些他都知道，他更確定的是，天福這孩子絕不止於做小生意，守著攤子或店面，「大海才是他的舞臺。」會是商輪貨輪船長或海運老董嗎？格局似乎太小了。

「海王子」，近七十歲的老人，腦子裡跳出這個名號。

聽起來很可笑，可是阿公回憶起天福不穿潛水衣直接潛入海，能和魚說話，還有海底各種奇遇，「那身黑毛游竄起來真是靈妙神奇，我看得都起雞母皮……」

「這孩子分明不是普通人，欠栽培啦，唉！」阿公眨眨眼，天福只要心性穩定下來，有什麼事做不到呢？

13. 阿嬤哭了

休息一週後，阿蕊試著下床站，天福扶緊她。腳踏地站立還可以，人卻有點輕飄飄，膝蓋和腳都發軟，天福忙拉來藤椅給阿嬤坐。

天福蹲下去幫她揉撫膝蓋、按捏小腿肉，又要她試著轉轉腳踝，一陣子後再試。這回站得很穩了，阿蕊走兩三步，沒問題，又扶著床沿多走幾步。

「可以嗎？」天福一直問，擔心阿嬤沒站好又摔倒。

阿公知道老伴可以下床走，竟然說：「本來就可以走，你又沒捽斷腳。」

「那我可以出門散步了？」阿蕊問。

「嗄，不行，那要問醫生。」阿公嚇一跳，交代天福：「把阿嬤顧好，別讓她四處走。」

老尪公婆仔拌嘴，天福很訝異，以前阿公阿嬤對話都短短少少一兩個字，「噢好知啦嗯喔」這種單音，近來他們說的話比較多了。

阿蕊不讓孫子為難，只在房裡走，有時走去廚房客廳，那通常是天福在家或是有人來陪伴，像金定。

金定和媳婦秀枝偶爾幫忙帶些菜蔬來，婆媳和阿蕊熟得像一家人，既話家常也把外面走動的聽聞說給阿蕊解悶。天福做攤販學經驗，她們也很關心，有時在市場街路遇到，「他就喊我們，笑一下。」金定說。

「昨天去買菜，沒有看到他，問旁邊賣香菇的，說天福去幫人家推車子，市場內肉攤老闆的車子前輪出問題，找人幫忙抬高，天福也跑去。」秀枝只要去市場都會彎去看看天福：「他很有力喔，拳頭很重咧。」

天福會愛管閒事惹禍嗎？阿蕊有點擔心。

「應該不會。」金定有信心：「那些生意攤的老闆老闆娘都鼓勵他，叫他要有志氣，書讀好，打拼就會贏。」

「你也知道，大家平常互相照應，不會有人欺負他啦，再說，你的攤租也按期交，沒惹麻煩啦。」

秀枝倒是想起來：「天福真規矩呢，天氣熱，人家都打赤膊或穿吊嘎仔，要不就捲袖管，他全身整齊衣服紮得筆挺，一條毛巾圍脖子，流汗就擦，看起來像讀書人，不隨便的。」

「是怕人看到他一身毛的歹看樣吧？」阿蕊在姊妹淘前不避諱。

從小看到大，還幫忙哄過抱過天福，金定和秀枝同時搖頭：

「不是喔，他穿短袖呢。」

「哪有什麼啊，看習慣早就忘記了。」秀枝不知道她隨口這句話，輕易化開阿蕊心頭積鬱多年的癥結。

好比臉上一塊斑，手上一片疤，或牆上一處汙漬，看久了不覺得礙眼，就是因為不在意，「我為什麼要一直記著他的黑毛這件事？」一個人時，阿蕊問自己。

細細回想：見到剛出生的孫，自己嚇呆了，在神明前掉眼淚。從醫院抱回來，像抱著狗娃娃在餵奶，打開尿布就看到那一身黑毛，自己從雙手抖到眼眶紅。垂著眼低著頭，帶孫子學步走在路邊，不敢抬眼舉頭，裝聾作啞當青瞑，就怕對到聽到陌生驚詫探究的眼神或話屎。

小孩子都愛玩，好奇好動，天福每次吵著要出去，每次哭嚎回來。

「叫我脫掉他的皮，他不要穿，唉！」

也請過剃頭師傅來家裡，用推剪和剃刀除去一身毛，可是毛根去不掉，全身刺刺黑黑更難看，再長出更多更密的毛。天福開始變壞，不聽話，大哭大鬧，摔東西，發仔做阿公的都沒輒，只能帶他去玩海水。

「別管他的毛啦，養到他大漢就隨他去了。」發仔這是說氣話。

上學也麻煩，跟人打架相罵天福都輸，三兩天就逃學，老師不歡迎他，說是班上有他就不安寧，難管教，夫妻倆只能好聲下氣向老師賠笑臉。

對天福不是沒打過罵過，也一再交代他不要跟人冤家相打，囝仔不懂事，照常和人爭道理。

「唉，哪有啥米道理，人若生得奇怪，就會被看衰看壞。」發仔跟阿蕊大聲嚷。

話被天福聽到了，那以後沒再有人上門告狀，家裡很安靜，天福也安靜，跟他說什麼都只有「嗯」，出門上學、放學回家、吃飯洗碗、洗澡睡覺，機器一樣叫什麼做什麼，眼睛只看地上，臉上沒表情，完全不像個小孩子。

阿蕊記得，那時自己心裡一天跟著一天喊苦啊，怎麼是叫孫子被欺負了不能還手不能還口呢？這樣下去，天福不但會憋成啞巴，還會變成瘋子……

「阿嬤」，天福收攤回來，停好單車，習慣先喊一聲再進屋。今天生意平平，家裡阿嬤批來的乾貨還有幾小包沒銷完，冰箱裡的干貝醬已經清光，剩下的再賣一兩次應該就能夠收攤，阿嬤也可以放心休息調養身體。

在房門口探，阿嬤靠坐在床頭想事情，天福走進來喊「阿嬤」，沒反應。怎麼了？再貼近看，阿嬤眼皮閉著，一臉愁苦還有淚水，整個身體歪搭在棉被枕頭前窩成駝背。

「阿嬤，你人怎麼了？」天福慌的要抱起阿嬤。

熊熊聽到孫子叫，阿蕊心頭震一下，睜開眼感覺身軀被天福抱住，她忙出聲：「你回來了，我無代誌啦。」說完才發現自己目眶溼，唉，又流眼淚，過去哪一天不為了天福的事流眼淚呢？

「是不是手會痛？」天福看阿嬤要抬手抹淚水，小心讓她坐好又幫忙抽衛生紙。

「要不要去看醫生？我帶你去。」

明天是回診日，已經兩週了，阿嬤的手還會痛，也許應該提早去給醫生看看。

「沒什麼啦。」阿蕊眨眨眼，真的沒什麼：「我只是胡亂想，想到以前……」

還會有什麼以前的事讓阿嬤傷心流淚呢？能問嗎？天福猶豫不定。

阿蕊擦擦眼角，衛生紙捏在手上，朝孫子笑一下：「沒怎樣啦，手應該沒問題。」腳骨腰椎骨沒事，明天看過醫生，大概也就可以出外走動了。

「關在厝內人會鬱卒呢。」她這樣說，算是交代剛才流淚的原因。

14. 陪阿嬤去拜拜

從小到大，天福沒看過阿嬤流眼淚。阿嬤照顧他，有時也會發脾氣，但阿嬤不常大聲，板臉孔兇的模樣只看過一次，是阿嬤和欺負他的同學講道理。

那次，四五個人追著天福要罵要打，天福都已經跑回家了，他們還在門外叫鬧，正好阿嬤在家，出去說了他們一陣子，那幾個人照樣嘻皮笑臉回嘴沒大小，阿嬤氣得用粗話和大嗓門狠狠訓斥他們。

天福記得很清楚，阿嬤一手插腰一手指人，一個一個指著罵，聲音大得隔壁金定姆也出來看。

四五個歹囝仔嘴巴很壞，衝著阿嬤叫：「痟查某」「痟ㄟ」「猴婆仔生猴山仔」。

小孩說話這麼難聽，金定姆嘖嘖罵：「夭壽死囝仔，沒大沒小，我去和你們家大人講，真正無教示！」

被兩個大人連口責罵，壞孩子轟轟嘩嘩跑了，卻又回頭做鬼臉，輕蔑的比不雅手勢。

氣，真的很氣，氣死人了！

就只有那一次，阿嬤做恰查某譙別人。被人家用難聽的話羞辱，天福會哭，可是阿嬤沒有掉眼淚。

那次阿嬤罵走壞小孩進屋來，腳步聲大動作也大，脖子挺直頭抬高，閉著嘴兩手迅速擦抹桌子櫃子，抹布移動很快，屋裡只有擰水聲。天福看住阿嬤，從此學到不掉眼淚不哭鬧。

剛剛進屋裡，撞見阿嬤在哭，是為什麼事呢？天福心裡有些不安。

看天福楞呆無措的樣子，阿蕊稍稍提一下聲調：「今天有什麼趣味的事沒？」

「喔，市場很多人說，那個麵攤老闆昨晚去港口釣魚，釣到一個炸彈。」天福又興奮又可惜的說：「我沒有看到炸彈，聽說很大一個，被阿兵哥載走了，有人叫老闆要去廟裡拜拜。」

「要囉，神明保庇才沒出意外，若無，萬一炸彈爆去或是人摔落海，那都慘歪歪了。」阿蕊正經告訴天福：「要去答謝神明，要知道感恩。」

阿蕊真正想開了，是要感恩哪，神明雖然沒順她的願，讓孫子的一身黑毛變不見，卻還給她一個孝順體貼、不鬧事不使性子的天福。

一身黑毛有什麼關係？反而好認，不會做壞事；看久就習慣，哪有多奇怪。

她再看看天福，哎，這孩子眼睛亮亮望過來，笑微微，真緣投咧。阿蕊嘴角拉開，也笑了。

天福看阿嬤眉頭舒展，人輕鬆的樣子，放心了。阿嬤相信神明，各處寺廟都想去參拜，也許只要讓她說說聽聽這些神明的事，阿嬤就不會胡思亂想，不會鬱卒。

每次阿公出海捕魚、打撈沉船，出門回返也都去廟裡拜拜。天福聽阿公阿嬤說「神佛保護眾生」，可是天福沒感覺，拜拜時他會恭敬舉香，安靜地跟著拜，彎腰鞠躬，腦子裡卻放空，有時他也看看神像看看繚繞的香煙，等著燒化紙錢，只有乩童藝陣八家將這些才吸引他的注意。直到最近跟阿公旅行各地，經常去廟裡借水借宿，天福對廟的印象才親切熟悉起來。

陪阿嬤看過醫生，確定只要右手繼續固定保護，不可以出力，其他日常行動可以恢復正常了，天福立刻想到：「阿嬤，我們去拜拜。」

「好啊，一定要。」阿蕊很歡喜。

離家最近的是媽祖廟，走幾分鐘就可以到，天福等阿嬤擦淨手臉換身衣服，又照阿嬤說的去買了幾樣水果。

雀仔姨在市場外擺水果攤，聽說是阿嬤要拜拜用，很快裝好一籃交給天福：「這裡。」

笑嘻嘻接過鈔票，雀仔姨邊找錢邊稱讚天福：「你真孝順呢，會幫阿嬤跑腿。」

天福被說得不好意思：「哪有，謝謝雀仔姨。」一籃水果紅黃綠配得很漂亮，阿蕊看看點點頭，雀仔做生意實在，東西好又不呼攏價錢，還會替客人想。

「阿嬤，我載你。」天福推出三輪載貨車。這車是阿蕊早前替人載魚貨騎的，車身每年油漆，看起來還新，不過大家近年都開車，騎這個，不流行了。

「走路去就好，我們走慢點就可以。」阿蕊搖搖手，她習慣載貨，不習慣當貨物被載。

「有一點路喔，阿嬤會累……」天福抓抓頭，進屋裡搬出阿嬤專用的矮腳有背椅，放上車斗：「阿嬤，有椅子坐，很安全啦，我一定騎很慢很慢。」

孩子話孩子性逗得阿蕊哭笑都不是：「好啦好啦。」

坐在車上左右看，熟識的街坊鄰居笑哈哈招呼她：「蕊啊，不錯喔，坐車踅街。」「真好勢唷，乎阿孫仔載，好命咧。」

「蕊啊，去叨位？」八十多歲的三嬸婆坐在門口曬太陽，看到他們特地站起身問。

「要去拜拜啦。」阿蕊知道老人耳背，大聲回她話。

提著金紙和祭品的兩個婦人笑著跟阿蕊點頭，一路開講：「出來曝日頭，骨頭卡勇啦。」「哇，真久沒看到你嘍。」

天福騎得慢，她們竟然就跟著車子走到廟埕來，還幫忙扶阿蕊下車。

「你這臺車真趣味，可以借坐一下嗎？」灰髮髻的婦人問阿蕊也問天福，口氣很親切，天福笑得靦腆：「好啊，阿姆你坐，我載妳，不用錢。」

「按捏喔。」阿蕊和兩個婦人笑了。

扶著阿嬤走上臺階，天福照阿嬤教的，放好水果點了香，陪著阿嬤先朝外拜大香爐，又回轉來進大殿拜媽祖。

阿嬤唸唸有詞說些什麼聽不清楚，天福倒是很快就把話跟媽祖說完了：「媽祖婆，請你保佑阿嬤快好，不鬱卒不哭。」他要說的只有這些，喔還有：「謝謝媽祖婆。」

拜三拜完，他抬頭看神像，覺得媽祖對他笑，以前都沒注意到，天福趕快又舉香拜三拜。

那兩個婦人繞到後殿去，阿蕊和天福等化了金紙後沒再碰到人，就收了水果回家。快中午了，天氣熱，阿蕊感到爬臺階有點累，還好有車載，孫子真貼心。

到家取出水果，阿蕊要天福先把水果籃送還雀仔姨。

「啥？」天福不懂。

「雀仔沒收籃子錢，咱們拜完就還給她，她可以再作生意用。」阿蕊一向這麼做，阿雀給方便，越是熟識的人越該珍惜，為人想。

15. 去海裡玩

中午仍是白飯配魚湯，阿蕊臨時教天福做一道洋蔥炒蛋，簡單幾個步驟天福學得很快。坐在飯桌用餐，也許是去廟裡拜過後心安了，阿蕊只覺得樂呵呵，像有好事要發生，天福老練的挑魚肉給阿嬤吃，洋蔥甜甜脆脆配飯很對味，金黃炒蛋在碗裡面更好看，一頓飯吃得歡歡喜喜。

等阿嬤進房午睡，天福洗鍋碗，想著「好看」這件事。拜拜的水果，桌上的炒菜，好不好看很重要，人呢？長得好不好看會怎樣？

「若只要好看頭，有效嗎？無效。真工夫卡重要啦。」耳朵裡好像有阿公的聲音：「一支嘴會講不如一雙手會做；內才卡贏外表。」

「真正要討海，魚仔風湧亦不會看你緣投來找你……」這些話是旅行時阿公瞪大眼認真嚴肅說的，天福完全記得每一個字。

「我需要的是真本領。」天福想。

什麼都值得學：做飯菜、擺攤做生意、買東西送貨、照顧阿嬤、整理屋子，還有跟人說話應對。被人指指點點已經習慣了，以前罵他笑他的人如果現在還是罵他笑他，應該也要換換詞句，不然就沒進步，「比我還遜。」

「人家送你難聽的話，免收，請他拿回去。」旅行到恆春半島時，阿公跟他說：「就像咱們做買賣，貨色不好，咱們若不甲意就退件啊。」

有這招嗎？真新鮮，天福立刻記住，開竅了。

雖然休學後沒再發生被嘲笑的場面，不過天福已經準備好，回到校園要如何應對，這也是一種本領，「很重要的本領。」他告訴自己。

回學校讀書是他答應阿公的，阿嬤已經可以自己走動，等她右手好了，天福要復學。

去學校能學到什麼？以前學過的字太久沒接觸，還會寫嗎？英文數學聽說很難，老師不可能從頭教，「但是我需要學，而且要學得好。」天福決定了。

阿公早早告訴過了，想在海上討生活，不是能吃苦流汗體力夠就行，基本知識要有，「船員要辦證，藏水微要考證，駛船得考駕照，做船長腦筋要好要懂更多。」只要說起討海捕魚的事，阿公隨口就能舉出例子：魚群游動習性、水流速、海潮風向氣溫……

阿公總是勸他好好讀書，以後要做哪一途都有機會。

讀書不能算是本領！天福在旅行期間也想過，讀書比較像工具，像「家私頭仔」，做工的師傅技術當然很重要，也得要有好工具，技術才可以順利發揮。弄懂英文和數學，「以後潛水找古董，我會更識貨。」

天福把洗好的鍋碗放架子上滴水，突然很想去海裡玩玩。

阿嬤睡得很安穩，至少要等阿嬤醒了，說一聲後才可以出門。

半個多月沒下海，只能在擺攤前繞去漁港看看，吹吹海風，聞聞海水和魚的味道，那樣輕輕淡淡的氣味更挑動天福心緒。

漂游海中，被海水托起環抱，和魚群一同浮移是種享受，尤其當全身黑毛在海中舒展，每一根毛髮都漂動起來，推著身體前進轉彎，靈活輕盈，手臂划動腳掌踢挖，追過一個又一個浪頭，恣意暢快讓他激動驕傲：「我是水中的鳥，飛！」

天福有了這種體會後，對身上的黑毛看法也不同了：「它們讓我在水中飛，別的人沒有這種『翅膀』。」雖然奇怪也不好看，但它們是寶。

流浪旅程中，每一次海泳潛水，天福注意觀察這身黑毛，肯定它們是自己的優勢，只要泡在海裡，他就得意自在，把自己當作魚，「以後我要活在海裡。」

這陣子去市場外路邊街頭擺攤，被來來去去的人盯著看，天福由著不同的眼光偷窺、直視，他會當作沒看見，萬一視線對上了，就跟人家點點頭甚至開口招呼：「蝦米、丁香魚，有要無？」有時竟把對方嚇一跳，也許是沒料到這個黑毛毛的真是一個人，還會講道地話腔。

天福也嚇一跳，自己不怕被看，可是別人怕被他看，想想，他還是盡量把眼神藏好，別做嚇人的怪人。

阿嬤睡醒後，天福說要去海邊，阿嬤點了頭：「你去吧，我無代誌。」

午後的港岸很安靜，天福下到肉粽角空隙，見到水裡漂移著廢棄物，亂七八糟，他順手撿拾起來，拿其中一個塑膠袋裝塞捆紮後，跟自己衣服放在一起。

轉身找到原本藏放幾顆漂亮石頭的地方，它們不見了，可能是釣客或遊客來過，「我要另外找基地。」天福走向海水，游出去。

這個時候，海很平靜，天福躺在水裡，黑黑的身軀沒在大海中，任海水帶著他漂浮。是了，他應該是海的一份子，「這是安全熟悉的懷抱，我是一條魚。」

伸展手腳筋肉，感受海水給他的回應，天福讓自己下潛，閉氣悶水的時間越來越長，他不知道為什麼做得到，莫非身上黑毛也會幫忙攜帶氧氣嗎？

魚群不多，看到全是零星魚隻，天福無意打擾，專注和海流互動。有一瞬間，他覺得自己融入海水中，沒有軀體，他就是水，有時是柔軟的一滴，也有時拉長為一片一絲，有時剛硬的拍打出聲、撞擊晃盪推進，上湧翻爬墜落穿越，「我是浪。」

跟隨翻湧的浪游了好一陣子，奇特的體驗讓天福興奮，卻立刻就回到「人」的意識。身上黑毛撫著海水，帶他輕巧的扭轉迴旋，避開一塊礁石。

錯身擦過時，天福看清那塊暗影是個人，還有點掙扎，趕忙將人往上舉出水面，再把那人翻面仰漂，又舉又推朝最近的岸邊游。

像托塔天王高舉一個人，天福在海裡拼命踩水划踢，過了潮線後水位會變淺，他必須改變姿勢，幸好有人看見海上仰漂的身體。

「喂，喂，那是啥？人嗎？」「有人落海了。」「是釣客啦，快去救，快。」

呼呼喝喝，一群人跳下肉粽角。

「那邊，那邊。」「被海湧打向那邊了。」「小心，別去撞到。」

人群趴踞蹲踩在肉粽角，七手八腳把溺水的人抬舉上岸。

又一個浪打來，眾人忙起身避開，天福趁機轉身再潛下海，他要回家，但不從這裡上岸，人那麼多，他不想被看見。

16. 港邊聽大人開講

天福到家時，阿嬤坐在門口和金定姆聊天，垂著眼低頭轉腳掌，沒留意有人影靠近。

「阿嬤、姆啊，我回來了。」天福大聲喊，把兩個老姊妹喊得開心笑。

「少年ㄟ，中氣十足，你唱歌一定贏人。」金定姆生性開朗說話有趣，天福咧嘴傻笑，他沒唱過歌，不知要怎麼回答。

「你游泳嗎？先去沖身軀換衫褲吧。」阿蕊笑吟吟看，知道天福發窘，替他轉了話題。

「喔，好，姆啊，你擱坐啦。」打過招呼進到屋裡，天福走向廚房先洗米煮飯。

阿蕊結束聊天進屋來，以為天福還在洗澡，卻看他點算剩下的乾貨。「啊，現在還去擺攤喔？漁港午市怕要散了，有生意嗎？」

阿蕊其實也都等到暗頭仔才收攤回家，年幼的天福放學就跟著她顧攤子，那時一心要多賺點錢，哪怕港邊冷清只有自己一攤，她守著小攤加減有收入。

「阿嬤，我今天還沒有『業績』，要去打拚啦。」天福果然是想去擺攤。早上陪阿嬤看醫生又去拜拜，下午還跑去游泳，雖然阿公阿嬤沒要求他什麼，天福認定自己有責任把乾貨賣完，趁現在天色還亮，有時間就出門。

「我六點以前就回來。」他推出車子掛好籮筐，對阿嬤揮揮手說。

踩踏板遠去的身影，好像還回轉頭看過來，阿蕊又笑又嘆氣。

「六點」？

那時每到傍晚六點，天福就吵著要回家，他想看卡通，六點是嬤孫下班時間，他還記得。阿蕊搖搖頭輕唉一聲。

漁港邊意外有警車，天福怕被開罰單，裝作來兜風閒逛，等著警察撤走再做生意。

「躲警察」這種事，天福有經驗。

從小阿嬤都叫他抓住桿秤或抱起磅秤先跑開，有的警察很兇，不給人時間就拿出筆要寫單子，也有的會慢吞吞晃過來，只要小販們趕快收攤離開，他們不為難人。阿嬤說他們這樣是會體諒艱苦人，「大家攏是賺一碗飯吃」，阿嬤這麼說像發牢騷，後來天福才聽懂，那也是阿嬤的辯解。

警車很快開走，不少人也跟著離開，這就奇怪了，是來看什麼熱鬧嗎？

顧攤子要有耐心，天福擺好籮筐放上幾包丁香魚，都是照秤重包裝。這東西顏色黑灰的不討喜，要內行食家才知道怎麼吃，營養價值高風味也特殊，可惜很多客人看看掂掂又放下。

天福印象中，阿嬤會告訴客人，可以拿來作小菜下酒或煮湯熬粥什麼的，真就會有客人心動買了「呷看麥」，這樣配上解說食譜，貨就銷得快。天福決定晚上請阿嬤教教，不會煮也要知道怎麼說，增加點推銷口才。

「喂，剛才那個有救嗎？後來怎樣了？」大嗓門跟著摩托車噗噗噗吼，問不遠處兩攤魚販，天福認出是市場收攤租的三龍仔叔，檳榔嚼得滿口紅通通。

「人醒了，救護車來載走。」

「聽說跟警察講是水鬼仔救伊，從海底將伊扛起來。」戴斗笠的膨槍伯好像很了解。

「水鬼仔攏是捉交替，哪有在救人？」三龍仔熄了引擎坐在車上問。

「伊大概是驚破膽，講痟話啦。」路過的釣客舉著釣竿，停下來抱怨：「講得警察來趕，『禁止在此釣魚』，有影尬？」

「咁有講水鬼仔生作啥款？」又一個攤販湊過來問。

「警察嘛有問，伊說『歸仙烏索索』，看是未完全清醒，抑是真正看到鬼？」屘斗榮的話好像他就跟在警察旁邊。

原來是在講剛才救起的那個人，天福恍然大悟，自己被當做水鬼仔啦。

「謝謝」，他收下錢，朝買丁香魚的婦人彎腰，禮貌的笑一笑道謝。

四五個大人繼續說，都繞著溺水的事：「電視臺亦來攝。」

「釣客啦，站到防波堤外位，一個湧打來就落去了。」

沒什麼客人，攤販起勁開講：「攝猴咧，落水的人不在這，問十個十個都說沒看清楚，要怎麼作新聞？」

「攏嘛掠風捕影，不過難講，有時真正問出什麼也不一定。」

三龍仔啐一聲，吐口紅渣汁：「咱這小港仔，若上新聞嘛是好。」

幾個大人話唬爛，天福沒忘記招呼客人。剩兩包丁香魚反而不好賣，要折價一起賣會虧本，天福決定收起來先回去，答應阿嬤六點前到家的。

「伯啊，我先回去了。」他高聲喊，跟開講的大人說一聲。

「好啦。」戽斗榮隨口應，膨槍伯想起來了，問：「恁阿嬤有卡好莫？」

「有啦，行路沒問題，多謝阿伯。」

「哇，伊休睏一個月有嘍。」膨槍伯揮揮斗笠：「咳，你緊轉，緊轉。」

離開時，天福聽到背後的對話：「咱這個港仔，過去嘛真興旺，上百隻漁船在這出入。」

有嗎？天福只記得小時候，港裡面漁船排滿滿，擠擠靠靠躲颱風，很多小孩就從這艘跳到那艘，在船甲板玩跳跨爬的遊戲。

那時候沒有人跟他玩，密密麻麻的船他一個人跳到兩腳發軟，有一次就跌進狹窄的水道，「我才知道自己不怕水，會浮起來。」天福記起這件事。

那時候嗎？自己討厭身上黑毛，去海邊拔了許多芒草花，想用白白芒花遮去露出來的毛髮，行不通的，還被嘲笑得更難聽……

「嗯，下次就去看芒花。」天福把車停在家門口時這樣想。

「阿嬤，我回來了。」喊完進屋沒見到人，可是電視開著，沒聲音，只有廣告畫面，賣藥的。天福看一下時鐘，咦，快六點了，阿嬤要看什麼節目嗎？

廚房有聲響：「我在這裡。」

「阿嬤，要煮什麼？我來了，你去看電視吧。」天福接過湯勺，鍋蓋冒出煙氣，鳳梨豆醬味誘得天福深深吸了又吸，啊，好香，很久沒吃這一味了。

「電視是開給你看的，你不是都看六點的卡通？」阿蕊提醒孫子：「火轉小一點，再滾一下子就可以關了。」

看卡通？天福一下子覺得陌生，出去旅行從沒想過這件事，回來後陪著阿嬤竟然也沒想要看電視，以前怎會那麼著迷呢？

17. 什麼時候去學校

熄爐火關抽油煙機，跟著阿嬤到客廳，天福隨意瞄一下電視竟「咦」一出聲，畫面中有兩個人上了手銬被警察抓住肩膀，在礁岩岸爬，找東西。

天福忙去按大音量：「搜出毒品，主嫌在逃。」聽到這裡沒了，畫面換成其他新聞。

應該就是他們，旅途最後一處海邊遇到的那兩個阿伯。

天福記起那天，高個子壯漢對阿公說：「去別處，別在這裡。」像要趕人，口氣不友善，原來是在做壞事。

「你都看這臺對嗎？」阿蕊問。

喔，天福漫不經心接過遙控器，看什麼呢？想一想算了，手指按下，電視機立刻暗了啞了。

剩下的兩包丁香魚，要怎麼賣呢？天福問阿嬤：「客人說沒得挑了，叫我俗俗賣，這要算多少才好？」

阿蕊笑了：「貨底了，減個五塊十塊沒關係，客人通常會出價，你算看看，八折就不能再減，這樣知否？」

天福還沒回話，一個人走進來：「啊，還沒吃飯喔？煮好沒？」

嬤孫同時笑開，「阿公。」「呷飯，呷飯，緊來呷飯，你辛苦了。」

發仔今天沒出船，去外地找古董商，為幾件海底撈到的古物鑑價，談得成那就脫手，找了兩三個老闆，東西都值錢，還有些趣事。

雖然忙到天黑才回來，收入可比討海一整天要豐厚，才進門就看到老伴和孫子有說有笑，應該是今天回診醫生打了好成績，發仔心情頓時說不出的輕鬆。

「醫生說你可以參加走鏢，對喔？」

「嘿哪，天福有載我去媽祖廟拜拜。」

「阿公，醫生說，阿嬤的右手要繼續固定，不能出力，其他都可以自由活動了。」天福跟在阿公身邊報告。

發仔洗把臉，坐到飯桌邊跟天福說：「我就說，吃魚喝湯很快好，咱們骨頭都很勇，打斷手骨顛倒勇，你阿嬤喔，世界第一勇。」

睜大的眼、滑稽的話語，顯示阿公的好心情，天福趕忙盛好飯，一大鍋魚直接擺上飯桌。

三人同桌吃飯，簡單的白飯配豆醬魚，滋味濃甘，天福很快扒完三碗飯。魚頭留給阿公，魚肉挑刺後給阿嬤，他啃些魚尾魚鰭，白飯拌了醬汁就是絕世美味，肚子填飽嘴也解了饞，他傻呼呼笑：

「下次要煮多一點飯。」

阿蕊忙催他：「還有飯，你再添來吃，不用留太多給我。」

魚頭在發仔口中被吮出吱吱聲，魚眼魚髓魚腦比魚下巴更精華，漁家吃魚最知道這點，發仔再看天福面前的魚骨，剔撿啃食得很乾淨，沒半點兒浪費。

「天福，你找到的東西很特別。」等孫子把鍋碗飯桌都洗好擦好，廚房整理乾淨，發仔在客廳開電視前，先跟天福這麼說。

阿公說的是什麼東西？天福一下子沒會過意。

「那個鐵盒子裡的錢幣和小冊子，很可能是外國板球隊員的東西。」發仔掏出一張紙：「收購沉船舊貨的陳老闆，問過位置後查資料，認為是這一艘船的東西。」

天福接過紙來看，寫的是英文字，他還沒學怎麼會懂？「我不會英文。」

喔，也是。發仔小心把紙張收好：「錢幣有價錢可以買賣，我照行情賣了，盒子和冊子先留著，等你上學後，英文會了再讀讀看，反正古物是越古越有價。」

聽到「上學」，阿蕊來關心：「天福什麼時候去學校？」現在復學，課業跟得上嗎？

兩老同時看孫子，天福眼光閃躲一下，想到自己的決心，慢吞吞抬眼看阿公阿嬤：「等阿嬤右手可以活動，我就去上學，不然，我也可以先自己看書。」

「那也要有課本。」發仔點點頭，順手按開電視，「明天我去學校問問，該怎麼做就怎麼做。」他跟老伴和孫子說。

隔天，發仔趁漁船出海前先去學區國中找主任，大略說說天福的情況，主任找出一套回收的課本和補充教材送阿公：「讓他先讀讀看，學校也會安排老師先做課外個別輔導。」

聽起來很友善，發仔謝過主任，回來把書交給天福，又把主任的話照樣說一遍。

「書讀厭了就去海裡游泳。」發仔這話讓天福眼睛亮起來，聽進去了。

書不好看。

國文翻幾頁，字認得七八成；數學還好，他原本就有興趣，很快就看完一課，習題看起來也不難，天福吁口氣。英文完全莫宰羊，不會唸，翻一翻，決定先背字母順序和寫法。

這麼坐了一陣，天福合上書，堆落整齊來找阿嬤。

阿蕊已經把衣服放入洗衣機洗，正拿掃把掃地，天福接過去掃：「阿嬤，我來做就好，你別動到右手欸。」

「你替我披衫褲吧。」洗衣機正在叫「滴滴滴」洗好了。

「你弄好，我們一起去市場。」阿蕊像吩咐也像邀約，天福「喔，好」趕快去曬衣服，只要不是讀書，做什麼事他都快樂起勁。

以為阿嬤要去買菜，卻不是，阿蕊拿下掛在牆上的一只茄芷袋，那是平日做生意，她用來放雜物圍裙的隨身袋。兩三週沒出門，茄芷袋在牆上貼出一塊淡白印子，正好和天福視線打上招呼。

天福整理屋子都只注意地面桌椅櫥櫃，沒想過高處的牆面，突然發現茄芷袋的印子，他楞了一下。

「阿嬤，你要做什麼？」

「這兩包賣一賣，我新叫的一批要過幾天才有貨，到時你替我去載。」阿蕊戴上斗笠，原本都還要包花布頭巾，現在右手不方便，算了。

「走，來去。」她喊天福。

「我載你。」天福去推腳踏車。這輛「武車」後載大又穩固，車身骨架粗，輪胎大板、框條結實。從前阿公騎它載貨，順便讓小天福坐前面跟著去兜風，風吹著他全身毛髮，很舒服。

天福因此愛上這輛車，等長大會騎也夠高，坐得上椅座，他一個人騎得飛快，拼命往前追趕。

追什麼呢？追風。風撥開他的毛髮給他涼快，就像在海裡游泳，浪裡穿越的那種輕靈漂浮的滿足。

風和浪從來不會笑他長著那樣醜怪的黑毛。

18. 老師來家裡上課

天福用腳踏車載阿嬤上市場，踩動前他抓穩單車龍頭問：「阿嬤，坐好了嗎？」

「嗯，好了。」阿蕊右手不能動，她只用左手抓握。

剛起腳踩踏的第一、二圈，龍頭稍微偏晃，車身抖一下，很快就穩住，天福不敢騎快，盡量緩緩穩穩地前進。

路上突然有人吼：「喂，死猴山仔，你亦溜酸喔？」

阿蕊看到街路對面一個熊樣大塊頭，抓著一罐飲料什麼的，喝一口又大聲呸：「嘿，黑毛猴，毛猖猖不是人，臭耳郎無聽著嗎？

恁爸在叫你啦。」

是在喊天福！那個就是金定說的大摳堂吧，叫囂張狂的口氣好像流氓黑道在討債，阿蕊氣惱又擔心，天福會被挑惹出脾氣嗎？

天福聽到也看到了，冷冷瞄他一眼，回頭跟阿嬤說：「阿嬤，別理他。」

聽聲音很淡定，阿蕊鬆口氣。

腳踏車繼續前進，大摳呆被丟在背後了，還是聽得到怪叫：「黑猴去討食喔，哈哈哈。」

唉，阿蕊輕輕嘆氣，才幾歲？轉大人未？「嘴舌有夠歹！」

「他喝酒講痟話啦。」天福告訴阿嬤。

從前讀小學被欺負得很慘，尤其這個大摳呆，最愛堵天福，在大家面前逞威風。畢業前天福真是忍不住，跟他打起來，才發現他沒膽，挨一拳就哇哇叫，躲縮成烏龜。天福從此不理他，隨便他去亂吼亂叫。

「連空氣都不能當」，這是天福給大摳呆的評語。

「歹囝仔」阿蕊不是沒看過，做竹雞仔、落翅仔，學大人派頭抽菸喝酒飛車，街頭叫罵耍狠，這些她看歸看並不特別在意，可是今天歹囝仔衝著天福要鬧事，阿蕊想的就多了。

還是去學校，至少老師會看著，出去外面若沒大人跟住，早慢都會學壞；像這哪有正經樣，一群攬來攬去，沒法度好好做人……

心事煩著，阿蕊隨便賣了兩包貨底，買好幾樣菜蔬就要天福載她回家。

猜想阿嬤應該是累了，天福稍稍騎快些，到家幫忙放好東西，「阿嬤，你去休息啦。」天福搶著洗米洗菜，拿鍋子裝水，打算先煮魚湯給阿嬤喝。

電話響了，聽見阿嬤跟話筒「喂喔嗯啊」不知談什麼，天福等鍋裡水滾、魚下鍋了，再來看阿嬤。

沒見到人，阿嬤呢？去門外張望也沒人影，天福很奇怪，會在金定姆家裡嗎？

守在爐邊等魚湯煮好，熄了爐火，天福正要去外頭找，阿嬤恰好進門，手上提了塑膠袋：「我去買涼的要請老師喝。」

阿蕊笑咪咪把袋子交給天福：「先冰著，等老師來再倒。」

什麼老師呀？天福很納悶。接過袋子手上一沉，「哇，阿嬤，你提那麼重！」他看看袋子裡，一大罐桂圓紅茶和一串紙杯，會有幾個老師呢？

正要問，外頭有摩托車噗噗聲，跟著是安靜、停車，有人來了，嬤孫同時迎向門口探看。

一個粗壯大叔，灰白平頭，眼睛很大眉毛很粗，皮膚跟阿公一樣黑，藍卡其褲灰襯衫，袖子捲到手肘彎，脫下安全帽吊在把手「叩」一聲，這是來找阿公的釣客或漁船老闆吧。

「阿嬤，你好，正手按怎？有卡好勢無？」大叔爽朗招呼得像熟人，轉眼來看天福：「我是學校的孔老師，你好，李天福。」

這個大叔是老師？天福呆呆僵在那裡，忘了要開口招呼。

眼光定定看著天福的眼，孔老師笑哈哈：「我來給你上課。」

「上課喔？」天福有點茫然。

「對啦，剛才老師打電話來，說現在有空可以來教你先讀點書。」阿蕊也是頭一次遇到有老師來家裡上課。

「啊，老師，你坐啦，在這裡上課甘欸當？」阿蕊急急清理客廳茶几上的東西，不過是幾條塑膠繩束和橡皮筋、一頂發仔的便帽，她拿在手上一時不知往那裡擺。

天福同樣反應不來，腦子轟轟嗡嗡只想著：老師來家裡給我上課？

「來，先去把課本都拿來。」孔老師大手搭在天福肩膀拍一下，像收驚，天福果然回過神，「喔，好。」快步去房裡拿出整落書。

「阿嬤，你嘛坐呀。」孔老師要扶阿蕊坐下，她忙說：「老師你坐，我去灶腳，你中午乎我請呷飯。」

「免啦，阿嬤，學校有便當，我嘛愛轉去照顧學生，你免麻煩。」

「天福，先看英語，來。」

招呼天福坐到旁邊，孔老師逐一指著字母唸，反覆幾次讓天福把二十六個字母都唸對背會了，再說：「字母一定要會寫會唸，今天唸，明天唸，天天唸；上午唸，下午唸，晚上唸，隨時唸，你就會了，加油。」孔老師大手又拍上天福肩頭。

接著看數學，這個天福有興趣，不用多講解就弄懂了，習題也做得很快，孔老師檢查完：「好，不錯，程度很好。」竟然對天福豎大拇指說「讚」，天福笑開嘴，這個老師親切有趣，很不一樣。

「那好，我要回學校，你好好照顧阿嬤。」老師翻翻其他課本：「這些你自己先看看。」

天福趕忙站起來鞠躬：「謝謝老師。」

「好，我明天晚上八點再過來。」孔老師站起身，注意到天福身高只差自己半個頭，「哇，你體格不錯，喜歡運動嗎？」

「我只會游泳。」天福老實說。

這是一個很特別的學生。孔老師跨上機車，扣安全帽時又仔細看看天福，端正的五官眼神清亮，應答和態度明顯比一般學生多了沉穩成熟。

「李天福……」

「欸，老師，老師，老師。」阿蕊急慌慌跑出來，叫天福：「快，去拿涼的請老師。」

「老師，你等一下，我有買飲料，你喝一點，真多謝你撥工來給天福上課。」

就這麼幾句話時間，天福已經拿了桂圓茶和紙杯來，很快倒滿一杯，雙手恭敬端給老師：「老師請喝，謝謝老師給我上課。」

哈哈笑接過來喝了，孔老師把紙杯塞進上衣口袋：「阿嬤，多謝你，你這個孫真好，有讚。」大手一揮：「再見。」噗噗噗很快騎遠去。

19. 我也常逃學

帶著天福站在門口送老師，阿嬤點頭彎腰又揮手，看人車彎過街口，才跟天福進屋裡，卻立刻又著急：「啊，老師還會來嗎？」

「他說明天晚上再過來。」天福收好課本，怕忘了那二十六個字母，趕快唸一遍，想到孔老師說要隨時唸，就又多唸了三四遍，嘴裡唸順了，他停下來去掀鍋子。

「阿嬤，你先喝魚湯。」盛起兩條臭肚仔魚，天福抬眼才發現，阿嬤笑呵呵盯著他看。

「你唸的是什麼？真好聽，以前也沒聽過。」

「喔，那是英語，剛才老師教我唸，說要隨時唸，還要會寫，跟我們的字不一樣，像在畫圖。」天福拿筷子畫一個A和B在空中，阿蕊看了笑，點頭：「嗯，好好好，筷子不要拿來比畫。」

吃完魚肉和湯，阿蕊要天福先去做自己的事，「飯已經煮了，炒菜很快，你等一下再來幫忙。」

自己的事嗎？天福立刻想到去海邊。出門前看到茶几上一堆課本，有點兒掃興，回身抱起書本去房裡書桌，愣坐一兩分鐘，才悻悻然翻開英語課本學畫字母。

阿蕊出來外頭，讓孫子去安排自己的時間。讀書的事她知道天福沒問題，書是死的，認真讀就行，可是學生是活的，天福不喜歡上學，就因為那些同學不好應付。

「蕊啊，空空老師走了嗎？」金定向阿蕊招手，邊問邊瞄屋裡。

「你怎麼叫他空空老師？」阿蕊嚇一跳，那個孔老師有「阿達阿達」嗎？

金定也是聽媳婦秀枝說的：那個老師時常去街上踅，抓逃學的學生；聽說講話很「笑虧」，學生都叫他空空老師。

「老師來你家做啥？好像停很久。」金定小聲問。

「他來給天福上課啦。」阿蕊說。天福過一陣子要復學，老師先來家裡教一些基本的，讓天福在家裡先讀一些，去學校才跟得上。

阿蕊解釋過又補一句：「不是來抓天福啦。」

兩個老姊妹同時笑了，金定嘖嘖稱讚：「這麼好喔，親自來家裡教學生，這個老師讚，孔子公會誇獎他。」

「嘿，他就姓孔呢，孔子的後代。」

「哈，莫怪叫空空老師，可能就取這個名字喔。」說笑幾句，金定點頭：「無代誌就好，你叫天福認真讀，我請他呷糖仔餅。」從小，金定都是這樣鼓勵天福。

吃飯時聽到阿嬤轉述金定姆的話，天福心頭熱熱的。以前不懂事，看到金定姆都臭嘟一張臉，不看人也不叫人，可是金定姆只要聽阿嬤說，他考試考了幾分、第幾名，都會買糖果餅乾來獎勵，現在還是沒忘記。

「金定姆是真的關心我。」天福很感動。

「空空老師」這個名號也聽阿嬤說了，可是天福另有想法，「孔大叔」這個稱號更符合老師給他的感覺：親切有趣，像阿公的釣友那些叔伯。

有件事讓天福不僅吃飯想，到睡覺也還想著。飯桌上，阿嬤說起孔大叔會去街上抓學生，天福想起小學時就有老師要抓他。

「我也常逃學。」天福知道自己的不良紀錄。剛進小學，天福被同學排斥，不跟他一起排隊一起玩、也不跟他一起上課一起坐、一起……天福覺得孤單難過。

有一次進了校門，他突然起意，放好書包就跑出去，圍牆外不遠處就是沙灘，再遠就是海。天福先是在沙灘旁芒草堆裡摘芒花，之後跑去玩沙子、挖寄居蟹、撿貝殼。

海邊的風涼涼，吹得舒服，他忘了要回學校上課，一個人玩得很開心，直到導護老師吹哨子「嗶嗶嗶」，才慌得跑進芒草堆，急急溜回學校。

教室裡老師在上課了，罰他站到放學，同學從此認定他是壞學生，會逃學不守規矩的妖怪小孩；同學故意讓他出錯闖禍，只要他想爭論講道理，大家就一面倒指責他，天福因此時常被老師罵，完全得不到老師信任。

在班上沒朋友，天福寧可跑去海邊，芒花會陪他，沙子裡的小東西會跟他玩，風會摸摸他，海會聽他哭訴。

「他們欺負我。」

每次聽到天福這樣說，海總是「轟」「喔」「齁」回應他，有時噴濺水滴到他臉上，似乎逗他：「笑一個啦。」

「我的朋友在這裡。」天福只有在海邊才快樂。

小一小二的逃學其實還好，他自己回教室，也沒有人問他去哪裡，倒是回家就被阿公阿嬷處罰，後來才知道老師會跟大人告狀，那之後，天福乖乖上學，直到高年級，同學鬧得他痛苦委屈說不出，才又跑出學校。

夜裡躺在床上，天福重新回想被主任抓回學校的往事。

「老師」給天福的感覺是冷漠、不關心學生，沒有耐心愛心，也不想了解學生。主任人不壞，會主動跟天福說話，可以算是「好人」，可是跑出學校主任還是會來抓他回去。天福愛往海邊去，有時坐在芒草堆跟主任躲貓貓，有時藏進肉粽角不想被逮，但是幾次後主任摸清他的招數，總能很快找到他。

有一回天福跑給主任追，在肉粽角上跨跳，主任步伐大，快抓到時天福往海裡跳。主任看到急了大吼，怪自己怎麼把學生逼得跳海，竟然也準備跳下海去救人。

天福忙浮出水面喊：「主任，我在這裡啦，你回去，我不會救人欸。」

這是真話，主任好像不會游泳潛水。

天福好心勸主任：「主任，你趕快回去，我在這裡很好，沒有事啦。」

「不行，你上來我才能離開，我們一起回學校。」

嘿，這話好像把天福當成一國的，天福想一想，不要為難主任，只好乖乖爬上肉粽角，跟主任回學校。

也就只有那一次，天福沒被帶去辦公室罰站。看他全身溼答答，衣服還滴水，主任怕天福著涼生病，竟然要他回去換了衣服再來上課。天福果真聽話，一個人回家，換下溼衣服吊掛晾曬，又急急忙忙跑回學校。

真奇怪，不是要逃學嗎？

20. 為什麼大家都欺負我

夜晚，天福躺在床上瞪天花板，從前的事一幕幕浮現出來。學校裡每個老師都知道：「李天福愛逃學」，卻不知道他也有冤屈，有時是被老師逼到想離開的。

像那個掀裙子事件，比許德亮被可樂罐砸破腦門的事情還冤枉他。

掃地時，一個女生不知道被誰撩掀裙子作弄，哭著跟老師告狀，老師氣呼呼去查問，那女生說看見一隻黑黑的手，大家竟也都說是「黑毛鬼」做壞事，欺負女生。

天福才打掃完廁所要回教室，老師來了，後面跟著一大群看好戲的同學。

莫名其妙的天福被老師劈哩啪啦臭罵，還拿棍子要打手心，又要罰他跟女生跪下道歉。

「不是我。」「我沒有做。」「我根本沒在教室。」天福邊喊邊躲。

同學把他圍住，老師棍子指著他，天福實在氣壞了，哪有這樣亂說、隨便冤枉人的。他猛地抓住棍子一抽，又推開同學，轉身跑出學校。

「回來！」「李天福，你回來。」

一群人追在後面，聲音吵雜，天福跑得很快，追的聲音慢慢小了，他跑向海邊，站在芒草堆前發呆，直到臉癢癢的，才發現自己在哭，氣哭了。

老師是大人，竟然跟同學一樣欺負他，瞧不起他，看他是醜怪壞的猴山仔！

「李天福，回來。」是學校主任，天福跳起來趕快跑，跑向沙灘，前面是海，要不要跑進去？

「等一下，李天福，站住，不要跑。」主任急得大叫，快步跑過來要抓他。

「不要，你們都不講理。」天福回頭吼主任，滿臉淚水看不清還有誰來，猛一轉身就往海裡衝。

「為什麼大家都欺負我？」他用盡力氣大聲吼，往前衝，卻被另一隻手攔住了。

主任和幾個男老師抓緊他，天福沮喪的杵在海水裡，問他的話完全不想回答，淚水被海風吹乾了，腦袋也被吹得一片空。

呆呆地被抓回學校辦公室，正巧級任老師在那裡，見到天福就大聲罵：「居然搶我的棍子！」「跟我大吼大叫，頂撞老師！」「哼，抓不住呢，像瘋狗一樣亂衝怪叫，沒禮貌沒規矩。」「太可惡了！」「還逃學咧，壞學生！」

燙著捲髮塗鮮豔口紅的女老師，跟這邊老師說，又轉身跟那邊老師說，激動得揮手跺腳嗷嗷嗷喔喔喔，天福忽然想笑，這老師在表演一隻瘋狗嗎？很像，像極了。

「咳，上課了，先去教室管好學生吧。」校長板著臉說。

主任催著老師們：「好了好了，我來處理，大家去忙吧。」

還是主任和校長留下來陪他，仔仔細細問：為什麼要去鬧女生？發生什麼事？

天福根本答不出來。

「我就在掃廁所啊。」「掃完老師就來了。」「沒有人在旁邊，就我一個人掃啊。」

這句話讓校長主任很驚訝：「那座廁所只有派你一個人掃？」

天福也不清楚：「可能還有派別人吧，反正平常都是我一個人掃。」

校長坐直身體長長吐口氣，主任搖搖頭想了想：「我去班上再問問，應該不是他。」

過了一陣子主任才回來，跟校長說了結果：應該是看錯了，那時有人拿掃把在玩，揮來揮去勾到女生的裙子，可是沒有人承認。

「回教室上課，不要逃學，知道嗎？」校長老好人，摸摸天福的頭，溫和的叮囑他。

回教室？天福有點畏懼，沒點頭也沒應好，他看著主任和校長，站定不動。

主任把他帶進教室，也摸摸他的頭。拉開椅子，天福悶悶坐下，視線釘在桌板凹凹洞洞，教室裡靜悄悄，可是每一隻眼睛都看著他，天福的每一根毛髮都知道。

老師跟主任走出教室，回頭大聲說：「抄課文，七到十課抄一遍，班長記名字。」

老師走後沒多久，開始有人敲桌子、摔課本簿子，鉛筆盒筆袋拿起放下，接著有噓聲、有謾罵聲，先是小小壓抑的，漸漸提高音量，天福聽清楚了：「臭猴山仔，害我們被罰寫字。」

「屁屁屁，還逃學。」

「有夠衰！」

「回來做什麼？不回來大家都不用上課，回來大家都倒楣，啐。」

「啊，班長，免記啦，把黑毛鬼畫一百個叉就對了。」

教室裡越來越吵，天福用力抓住筆，用力在本子上刻字，用力，很用力。

突然有人來搶他的筆和簿子：「麥假啦，寫啥小。」

「假認真，真正有這麼乖嗎？」

「扯你一把毛，變一堆猴山仔替我們抄書，哈哈哈。」

身體被推頭被抓，天福氣得站起來吼，同學全嚇到坐回位子去。

偏偏老師這時候衝進來要罵人，看到大家都坐好好的只有天福站著，怒氣爆發成苛薄言語：「又是你！在外面就聽到鬼叫，一天到晚闖禍，你到底要怎樣？」

「毛渣渣又黑又髒，以為沒人敢管你嗎？不學好只會鬼叫。」

「掃廁所又怎樣？」

「什麼只有你一個人掃，你是把大便垃圾紙都吃下去嗎？」

「哼，你一個人掃廁所？那以後叫你『李廁所』好了。」

全班幸災樂禍看好戲，老師修理黑毛鬼，跟大家一國的，太棒了。

「哈，李廁所。」「李廁所。」「你是廁所，哈哈哈。」全班哄堂大笑，天福脹紅了臉，手掌用力撐住桌子，眼睛盯死自己手上的黑毛。

罵錯人打錯人不是要說對不起嗎？為什麼學校裡沒有任何人跟他道歉，老師還要隨便找事情來罵他？

「就是這些黑毛讓我被大家笑，再怎麼樣守規矩都被當做壞孩子，就是這些毛！」天福弄不清自己是悲傷還是怨恨，只瞪住手掌背上的毛，死死瞪住。

掀裙子事件後，掃廁所的同學不敢再開溜，老師也一定到場看，可是等老師離開了一群人就胡鬧，鬧到上課鐘響就跑回教室，變成天福要善後，上課當然遲到。老師認定他故意拖延時間，有時關上教室門，不給他進去。

「這樣，是叫我離開嗎？」天福想。

21. 孔大叔和阿公

「就是這些毛。」

眨眨眼，床上的天福舉起雙手看，現在手背乾乾淨淨，毛不見了，他想起咬光毛的那群海鬼。

「牠們樣子很奇怪，可是活得好好的，別的魚怕牠們，連靠近都不敢。」

「我也要活得很好，只要能力比別人強，誰敢欺負我？身上的毛讓我跟別人不一樣，最大的不一樣是我在海裡會變成魚，變成浪……」

輕輕笑，天福告訴自己：把過去的事丟掉，丟到海裡去，海很大，會把它們變成泡沫，海水會帶走它們。海很大很大，當湧浪一起，「我的夢就飛起來，跟著浪飛漂，跟著浪浮游！」

他真的做了夢：跳進海裡，他踩水，雙手把海浪舉高放下，魚群在他周圍竄跳，他游過一處又一處海洋，海浪是他輕軟的床和被，裹住他，任他隨意扭轉翻滾。

騰空墜下的碰觸叫醒天福，哎，從床上滾落地，冷硬地板讓天福離開夢裡的海浪，天亮了，他做整夜好夢，一覺到天明。

晚上八點，孔大叔準時來到家裡，阿公特地在客廳等候。

兩個大人站在一起，天福覺得他們有點像，除了阿公黑一點瘦一點，其他髮色頭型身高都差不多，還有說話的口氣、看人的眼神，天福覺得他們是很聊得來的朋友。

「天福像牛咧，麻煩老師啦。」阿公和孔大叔對坐，看著天福半開玩笑。

孔大叔說得有意思：「牛有牛的性，肯做會做會吃苦，順牛的性放牛吃草，牛吃飽也還知道要安份工作。」

「牛喔，看哪一款，天福應該是鐵牛不是土牛，鐵牛運功散，讚啦！」孔大叔跟阿公談開後居然這麼說，阿公和天福都笑了。

阿公得出門準備漁船夜裡出海作業，跟老師彎身握手先離開。屋裡，師生兩個攤開紙筆，這次要教音標。

「來，一邊唸一邊寫。」孔大叔帶著天福從母音學起，跟英文字母類似，天福起先還記得清楚，學到子音後感覺有點漿糊腦，一堆英文字黏糊糊混作一團。

他敲敲頭殼：「有沒有辦法把它們配上魚名來記呀？」

孔老師鼓勵他：「記得住就行，用自己的方法容易記住，你加油。」

反反覆覆把所有音標讀出聲，又試著看音標讀出單字發音，總算抓到點竅門，天福恍然大悟：「就是外國的注音符號啊。」

「你知道了，那接下來就要記熟，手寫口唸眼看心記，手口眼心同時配合，讀書這四到最重要，少了一到效果就會打折。」孔老師一邊伸手比畫一邊抬眼看天福，臉上全是鼓勵的神情。

天福覺得自在安心，雖然還沒熟練，但是老師知道他需要什麼方法，用對了方法學習效果就會出來，阿公教他潛水也是這樣。天福相信「孔大叔」和過去學校裡那些嫌惡他的大人不同，是可以信任尊敬，真正願意幫助學生的老師。

「加油啊，鐵牛運功散。」孔大叔手掌拍拍天福肩膀，笑哈哈站起身。

被老師這麼開玩笑，天福立刻也站起來鞠躬，福至心靈的回敬：「謝謝孔大叔。」

喔，這個學生有意思，孔大叔點點頭：「好，好。」笑臉和視線相對，師生有了新的默契。

「其他的功課就自己讀，有問題先做記號，等下次上課再一起討論。」孔大叔接過天福捧來的飲料，喝了一口，想到什麼事：「你的英語老師過幾天會來，到時候直接教課文，要盡快把字母和音標學得熟練。」

「我怎麼還有英語老師？」天福很奇怪。

「我是你的班導師，教數學，別的科目有不同的老師，哉無？」孔大叔的話親切有趣，天福笑了：「哉。」

看老師喝完飲料，天福搶著接下空紙杯：「謝謝老師，騎車小心。」

哈哈，「讚啦，鐵牛運功散。」孔老師發動摩托車，對天福豎大拇指，很快就噗噗遠去。

天福回屋裡，關門，阿蕊從房裡走出來問：「有請老師呷涼無？」

「有」，天福把手上空紙杯給阿嬤看：「老師說，過幾天會有別的老師來上課。」

「嗄，空空老師不教你了喔？為什麼？」阿蕊很緊張，天福很認真啊，也知道禮貌啊，「老師嫌你憨慢嗎？」

「不是啦，孔老師教數學，別的老師來教我英語，阿嬤別煩惱，我會認真讀。」天福安慰阿嬤，陪她回房裡：「阿嬤，你先睡啦，我還要練習老師教的功課。」

阿蕊看一下時鐘：「好，別讀太晚，要睡飽。」

「喔，好。」天福大聲應。他比較喜歡跑腿做事，不過既然決心把書讀好，時間就要重新分配，每天留一點空閒去海邊，聽聽海浪聲音，吹吹海風，看看芒草和海鳥，最好還可以潛泳一陣，「我的腦筋在海邊會聰明靈活些。」

「我很久沒抓魚了。」再想起跟阿公流浪旅行的日子，好像很久以前的事，天福對著書本發了一會兒呆。

隔天，陪阿嬤把批的乾貨載回家，幫著檢查包裝、稱重標價、分類收好，天福跟阿嬤說去海邊，冰箱沒有鮮魚，阿公昨晚出門還沒回來，天福打算下海抓幾條魚回家煮。

跨上腳踏車很快到堤岸。「哈」，他大大呼口氣，芒花白茫茫一整片，真想雙手環抱住。把腳踏車推入芒草叢，他跑向肉粽角，避開漁船航道和釣客甩竿游入海。

風勢強，浪湧比平常高，天福下水立刻感覺海流勁道大，幾隻鐵甲魚被天福抓入魚簍，零星幾隻應該是先頭，等氣溫更低牠們會整大群出現，到時烏魚也差不多來報到了。

天福多抓三隻龍尖，這魚煮湯清鮮，鐵甲魚的湯較濃濁，吃路不同。

回到岸，天福跳跳抖抖，把身上水滴拍拍，找出腳踏車又呼嘯騎回家。「我這是正港現撈的魚，活跳跳，尚青。」他一邊騎一邊得意。

大海並不完全是自己以為的那麼可愛，「發脾氣的海，我有辦法應付嗎？」

腦子裡跳出疑問，天福覺得對自己對大海都要重新評價。

22. 重回校園

教英語的蔡老師像個中年歐巴桑，第一次來家裡上課時，天福才見面就立刻想起小六罵他「李廁所」的女老師，頓時全身僵直，眼睛盯著地面，緊張地跟隨老師胡亂唸。

幾句課文反來覆去，天福腦子裡全是哀哀慘叫：「她會拿課本粉筆丟我嗎？」「讓孔大叔教就好了。」「這樣我怎麼學好英文啦？」

「嘿，古某欸。」蔡老師用英語喊他，天福茫然抬頭，對上一雙笑瞇著的眼睛。

「古某欸」，蔡老師又說一次，天福遲疑著，是需要舉手喊「有」或是要跟著說「古某欸」？

「你在叫我嗎？」他問。

「耶是。」蔡老師點頭笑，改用國語告訴他：「好孩子。」喔，不是把我改名改姓！天福鬆口氣，肩膀卸下來，這時發現自己捏緊拳頭，忙張開手掌，哎，手心冒汗了。

「Give me five.」蔡老師伸出手掌，示意天福也伸手和她擊掌，帶了幾次動作後，天福慢慢知道意思，可以用正確的肢體語言回應老師。

陌生的語言讓天福覺得恐慌，幸好蔡老師會適時切換國語，課文裡的對話都簡單，發音和腔調學得標準最重要。

結束第一次上課前，老師又喊「古某欸」，天福忙說「耶是」，老師笑起來，天福以為自己回答正確，也笑。

老師接著說：「Give me five.」師生拍掌後老師又落一句：「古拜，西悠順。」

天福傻了，這係啥米碗糕？

「再見，等一下見。」老師迅速切換語音，一邊揮手：「Good bye, see you soon.」

天福下意識學老師揮手，「古拜，西悠順。」說完才想到要鞠躬。老師很快又追加一句「古某欸」，這下天福反應不過來了只好傻笑。

「好孩子，我下禮拜再來，自己多唸多寫，ok？」

「ok」，天福點頭，本能地回答老師。

阿嬤一樣請蔡老師喝飲料，蔡老師竟然挽著阿嬤左手，邊喝邊聊，活像正在菜市場買菜，天福想著她剛才舌頭圓溜、說英語像唱歌的聲音，覺得英語沒那麼遙遠陌生了。

孔大叔和蔡老師陸續來家裡上了幾次課，幫天福把落後的課業拉上來，復學後，他要適應的是如何跟同學相處互動。

儘管心中的乩童魚一再現身跟他打氣，復學第一天報到時，天福站在國中校門口還是猶豫不前。身上的新制服新書包讓他不自在，眼睛望進校園，正是下課時間，走動的人影和叫鬧的聲音更讓他不安。

深深吸口氣，「把他們都當作魚。」「我的毛是有用的寶貝。」「就算是變種魚也是很厲害的。」天福喃喃自語，突然發覺：「我怎麼對自己念咒語？」心情一下子放鬆了，記起阿公的要求：「見到人要打招呼。」他放開膽大步走進去。

鐘聲響起，一大堆人立刻晃入每間教室，走廊上遇到幾個學生，天福快步走向辦公室，好像聽到背後有細碎騷動，他敏感的抱著手臂，眼角瞄向周邊。

來到辦公室，大大的空間分成三個區，幾個老師忙著手上的事，他站在門口喊：「報告。」

「進來」，靠門口一位女老師說完抬頭看，「喔」一聲，又說：「什麼事？」

「老師好，我來辦復學，報到。」天福鞠躬完，說清楚意思再走進去，另一位男老師站起來招手：「是李天福嗎？來，到我這邊來。」

天福猜這位大概就是主任，趕緊走過去，一樣先鞠躬：「主任好，我是李天福。」

「好，我是許主任，你先坐一下。」指指旁邊辦公桌的椅子，許主任說完去身後櫥櫃找東西，天福站到椅子邊等。

幾張文件像是申請書、證明書之類，主任又拿來一張課表：「來，這給你，下一節剛好是你們導師的數學課，我請孔老師帶你去班上，學號和座號在這裡。歡迎回到學校，有什麼問題隨時跟老師說，每一位老師都會設法幫你解決。」

抬頭看一下時鐘，許主任乾脆帶這新來的學生把校園繞一圈，認識完新環境再回到辦公室，剛好下課，很多老師走進來，見到天福都多看幾眼。從前被叫到辦公室挨罵的記憶又冒上來，天福不自覺緊閉嘴巴，眼光停在主任桌上的筆筒。「隨遇而安」，刻在筒身上的四個字是在勸他的嗎？

「是啦，是啦。」「沒錯啦。」「黑毛鬼回來了喔？在哪裡？」「我看我看。」

走廊上吵吵鬧鬧，一堆學生巴在窗戶擠在門口朝裡面張望，對著天福指指點點。

「那是個人嗎？」

「是人啊，你沒看到他跟主任說話？」

「怎麼長這樣，好可怕。」

「混血的啦，像非洲黑人。」

「欸，他小學都被我們叫黑毛鬼，黑猴仔。」

「他很兇咧，會怪叫罵人，跟人打架。」

聲音越來越多越大聲，天福想裝沒聽見都不可能。

「他喔，經常逃學……」

「走開走開，我要找人來勞動服務，最慢的兩個要留下來。」

一個年輕男老師走出去大吼，人影一哄而散，天福忍不住瞄過去，那個老師轉身還碎念：「好膽麥造，沒禮貌，跑來辦公室吵。」「你自己來嗎？」「叫什麼名字？」「讀哪一班？」老師們陸續靠過來看天福。「好，很獨立。」「加油，好好學習。」

「李天福，這名字好，天助自助，知道嗎？」

咦，這話沒聽過，天福朝說話的女老師搖搖頭：「謝謝老師，我沒讀過這一句。」

老師們笑開了，「欸，這是校長。」

天福嚇一跳趕快鞠躬：「對不起，校長好。」怎麼校長是個女的，而且比蔡老師還年輕？

「老天爺幫助那些肯自己努力上進的人。」校長看著天福的眼睛慢慢說：「天福兩個字也有這種意思，記住喔，好好努力。」

對於這個長相特殊的學生，老師們立刻熟識而且有了好印象，至於班上的同學們，很快也察覺到他的不同，那一身黑毛固然是個話題，以前小學同校同班的那些人，更是一見面就發現他不一樣了。

23. 你是神力超人嗎

孔老師和天福早就有默契，進到教室介紹新同學時，只簡單說出名字、座號，不料馬上有人大聲喊：「黑毛鬼，他是黑毛鬼。」孔老師還沒反應，天福已經開口：「對不起，我不需要這個名號，請你收回去自己用。」

嗄，那個人一臉詫異和尷尬，竟接不上話，全班「哦」「水啦！」興奮起來，「瘦仔，加倍奉還，哈哈。」「加倍奉還啦。」教室裡一堆怪叫。

「加倍奉還」是什麼意思？天福莫名其妙，只能靜靜看著。

那個「瘦仔」脹紅臉掃了天福一眼，看著瘦仔的眼睛，天福有點吃驚，那是冷冷仇視的眼神！

看學生們還想起鬨，孔老師連忙制止：「好了，大家坐好上課。」

天福的位子在最後面，靠門口，有人故意把垃圾桶移到他的椅子邊，引來一陣竊笑。天福在離椅子前兩三步看到這一幕，腦筋很快轉動：不友善的氣氛千萬別變成敵對。他放下書包，俐落的搬開垃圾桶放回角落，順便把散落地上的一些塑膠袋紙屑抓起來，塞進垃圾桶。

坐下前，他習慣性搖動椅子，果然椅腳「砰啷」一聲斷了一隻，再試試，另外三腳沒問題，天福找好支點，穩穩坐下，眼睛看向講臺，孔老師正等著。

收到天福眼光，孔老師點點頭，轉身在黑板上寫數學式。原本等著好戲登場的同學顯然失望了，「喔唷」「嘎」的趴在桌上，教室裡安靜下來。

天福個子高，從後排看向前，班上同學的聽講態度一清二楚，臺上的孔老師幾次抽問和出題測試，他都行，心裡篤定了。

下課後，孔老師另外交給天福一張表格，是班上同學的座位表和名字，讓他能盡快熟悉全班同學。

「班長，你去借榔頭來。」孔老師喊一個大塊頭男生，天福有印象，上課時這個班長經常打呵欠，不停抓頭。

「好。」

「空空老師，你要榔頭做什麼？」兩三個女生圍到講臺前問，趁機打量新同學。

天福才想看看人家，眼角先瞄到窗外，很多人圍擠著看他。

「看到沒，在那裡，那個。」

「嗄，真的欸，全身都是毛，驚死。」

「像狼人喔，一定很有力量。」

聽到這種話，天福哭笑不得，眼睛不知看哪裡好，板著臉呆站著。

「這裡，老師。」班長很快抓來一把榔頭。

「叩叩」，孔老師接過榔頭作勢敲打，一邊往教室後方走。

「啊，老師，我來就好。」天福發現是要修理自己的椅子，忙跟上去，翻倒椅子檢視，卡榫對好用力敲進去，椅腳接上了，但看樣子多撞幾下還是會掉。

「要用釘子補強吧？」天福直起身跟孔老師討論。

「這裡，同學。」孔老師學班長說話，手腕一翻，指頭間就出現三根長釘子。

「齁，空空老師，你會變魔術！」圍觀的同學叫起來。

魔術喔？天福很意外，傻傻地翻轉手腕，沒出現什麼，再看看老師的手指，想不懂釘子是如何變出來。

孔老師晃晃釘子問：「要幫你服務嗎？」惹得同學哈哈笑。

天福紅了臉，搖搖頭，接過釘子就舉榔頭要敲。

「等一下。」有人拍天福肩膀，是班長。

怎麼呢？天福剛要問，班長蹲下來，抓住天福拿釘子的手挪到側面，「從這裡釘，卡楯才會固定，來，敲一下。」

聽話的用力敲，「哎唷喂呀！」一聲怪叫嚇得天福放了榔頭，慌張問：「打到你了喔？對不起，對不起……」真糟糕，他急得連連鞠躬道歉。

孔老師很緊張：「班長，手讓我看看，打到什麼地方？」同學也擠靠來看，七嘴八舌幫熱鬧：「怎樣了？」「你流血還是烏青？」「斷了嗎？」

「喂，你嘛幫幫忙，什麼斷了，還流血烏青咧，有那麼嚴重嗎？」班長甩著手站起來。

「不是打到你了喔？」同學搞不清楚，天福也連聲：「抱歉，抱歉，對不起……」

「哎，打到空氣啦，又沒事。」班長笑起來：「你幹嘛一直道歉，我又沒怎樣。」

孔老師抓起班長那隻手掌，正面反面檢查，看不到紅腫破皮，真的沒怎樣。

「那你甩什麼手？」「幹什麼怪叫呀？」「像殺豬一樣，嚇死人。」「就是嘛。」

對著一群同學，班長模仿天福敲榔頭：「他力氣大得不像話，我被『貓』得手指發麻。」

這一說，大家全都看向天福，班長又說：「我以為，他頂多把木板敲一個小洞，阿知咧，就那一下，哇，釘下半根釘子，嘖嘖嘖。」

被人說被人看不是頭一回，但是成為稱讚佩服的焦點，天福從沒想過，現在他訥訥靦腆，不知要如何應對這場面。

有人低頭去看那椅子，驚呼：「喔，是欸，只剩一點點。」

天福也去瞄，嚇一跳，還好班長的手抽得快，差點就砸到了。

孔老師拍拍天福肩頭：「讚啦。」邊說著，悄悄把天福轉向班長，又推推天福後腦勺。

大塊頭班長笑問：「欸，你是神力超人嗎？」

腦子裡靈光一閃，天福大方鞠躬：「嘿，我學阿榮啦，吃鐵牛運功散。」玩笑回應後又說：「謝謝幫忙。」

「你也知道班長叫阿榮喔？」有人詫異了：「你們認識嗎？」

孔老師哈哈笑，朝班長和天福肩頭各拍一下：「你們把椰頭送回去，以後就找你們去總務處幫忙修理桌椅吧。」

意外說對班長名字，天福很快融入同學圈子，阿榮班長帶他跑一趟總務處，知道工具箱位置，也看到一堆壞了的課桌椅。

「空空老師負責修理這些，我做助手，喔，『我們』做助手。」阿榮告訴他，放學後若不急著回去，就來幫忙做事。

「好」，天福點了頭才想到：「我要先回去跟阿嬤說一聲再來。」

大塊頭阿榮和天福走在一起，天福顯得更高些，兩人回到教室正好上課。習慣的檢查座位和書包，沒事，天福小心坐下跟著聽講。

24. 瘦仔的加倍奉還

重新回到學校當學生，天福照孔老師教的「四到」要領，覺得上課只要能專心，一點都不難，只有體育課讓他稍稍抗拒。

整隊做操跑操場打球，天福露出手臂腿腳上的黑毛，成為醒目的焦點。很多眼光跟著他移動，同班的別班的，操場上走廊上，就算天福想不管那些，但眼睛看向哪兒都會碰到窺視的目光，耳朵也總會聽到竊竊議論，弄得他渾身不自在。

不同以往的是，沒有人介意跟他肢體碰觸，籃球場上沒有刻意閃躲，也不會驚叫拍拂，再不像小學時那樣尖酸嘲謔，頂多就是喊：「嘿，喔唷」。

天福好幾次怕碰到人，球被抄走不敢去搶，甚至放棄抓籃板，反而是有人看出天福的顧忌，毫不客氣抓他的手、卡他位置，天福本能地縮手退讓，立刻被隊友抱怨：「你要兇一點啦。」「把它『貓』下去啦。」

玩開了後，天福滿頭滿身汗，來不及擦就追上去跳起來，撥掉一顆在籃框打轉的球。

有人喊帥有人啐，天福只慶幸沒碰到誰。結束後老師問天福，加入球隊好不好？想都沒想天福就搖頭，他的汗擦不完：「我喜歡泡海水。」

賽跑打球都要跟別人一起玩，會弄出一身汗，還會被笑被嫌惡，贏了輸了都被討厭，他沒什麼興趣嘗試。

聽到周圍響亮笑聲，天福抹去眼眶一堆汗，抬頭四望，嗄，什麼時候來這一大堆人，盯著他看，多久了？原本想撩衣服擦汗，怕身前背後一堆黑毛露出來，天福只能兩手抹去汗水往地上甩。

「喂，李天福，你去樹下甩啦，順便澆澆樹。」一個女生大方叫他。

順著人家指的方向，天福真的去站在樹下甩頭甩手，泥土地不久就一片溼。

「太誇張了吧。」「那麼會流汗。」「跟狗一樣，毛太多，怕熱。」「喂，狗沒有汗腺啦，人家他會流汗。」

議論的話語有些刺耳，天福安慰自己：「我的毛是寶貝，我不是狗，我是魚，是海。」

一直到放學，天福跟同學相安無事，混在眾多同學中走出校門。

他的腳踏車藏在校外小廟後的防火巷，天福往小廟走，前面有人擋住路，他讓往路中間，還是有人搶在他前面擋著。

「我被堵了……」驚覺不對勁，天福停下腳，果然一群人圍上來，六個，都背著書包，天福認得其中一個，是「瘦仔」，要做什麼？

「喂，告訴你，他是我們兄弟。」理公雞頭的高個子抱手歪肩，用下巴指指瘦仔，眼睛乜斜對天福哼著氣說。

「喔」，天福應一聲，想想又說：「好。」

另一個額頭上染黃髮的，指著公雞頭說：「他是老大，他說了算。聽說你今天很屌，讓我們瘦仔沒面子，我們來問問，你是什麼意思？」

「沒面子？」天福想到早上第一次進教室，同學起鬨「加倍奉還」的事。

他看看瘦仔，陌生的臉孔卻有熟悉的感覺，沒表情的臉平板冷漠，跟國小畢業前的自己沒兩樣。

天福和瘦子沉默對看著，公雞頭不耐煩了：「喂，怎樣？」

瘦仔倏地脹紅臉：「是他先嗆我。」

欸，這個人瘦瘦小小可是聲音很大，跟身材不成比例。

天福反應很快：「對不起啦，我已經全身黑毛了，真的不需要再有封號。」說完乾脆又鞠躬：「歹勢啦。」

八成是從沒被人道歉過，瘦仔好像嚇一跳，口氣想硬卻硬不起來：「啊，好啦，免講啊啦。」眼光閃開天福的注視，下巴動一下算是點頭，臉頰肌肉明顯軟了。

「他剛才在咬牙齒。」天福很懂，自己以前也都這樣。

「歹勢，失禮，對不起。」天福又說。阿公跟人這樣說的時候會主動伸手跟對方握，天福伸出手遲疑著，有黑毛的手，人家要握嗎？他低頭看手，手心手背都乾淨，應該……

「啊，好啦，就這樣啦。」瘦仔含糊說完竟握一下天福的手，友好的回應讓天福很意外，趕快握緊瘦仔雙手又說一次：「對不起。」

公雞頭老大吹一聲口哨：「赫，水啦。」

「走了走了。」黃頭髮的先閃人，瘦仔鬆開手跟著轉身，嘴角有點咧開，眼睛像在笑。

「加倍奉還」就是這樣嗎？

天福以為沒事了抬腳要走，哇，怎麼還是一堆人圍著！

被窺視的眼光織成天羅地網罩著，他勉強自己穩住步伐定下情緒，等牽了腳踏車跨騎出去，風吹進毛孔後，才放鬆的呼口大氣，腳踩得飛快。

「至少，我做到了。」天福想。

學校並不可愛，一個人去海邊玩，或是幫著阿嬤做小生意，都比當學生聽課好。雖然不再害怕被人看，卻還是很討厭受注目，只因為之前自己答應阿公，會回學校上課，也下定決心要好好學習，說了就要做到，今天，算是一個不錯的開始。

「等大家都看習慣後，我就不算什麼了。」天福轉個念頭：「海那麼大，什麼大小魚都可以住下來，我幹嘛不能忍受這些人呢？」

車子越騎越快，心情越轉越順，天福帶著笑臉在家門口剎車。

「嘰——」一聲長長尖叫，把在家等候的阿嬤嚇得心頭砰砰跳。

阿蕊走到門口，先迎上一張眉頭平滑嘴角上揚的臉，心跳於是平緩下來，歡喜問阿孫：「今天好嗎？」

「阿嬤，阿榮招我去學校幫孔老師修理課桌椅。」天福把書包物品拿進屋，走向廚房時告訴阿嬤。

「誰是阿榮？」阿蕊問。

「阿榮是班長，平常放學後就去辦公室幫著釘課桌椅。」天福一邊洗米下電鍋，一邊跟阿嬤說阿榮教他怎麼釘椅子腳的事。

聽起來跟同學老師都應對得不錯，阿蕊放心些，催著天福：「你快去吧，別讓老師同學等太久。」

「好」，說完再見後，天福又提醒阿嬤：「阿嬤，你休息，不要去廚房忙。」

這個孫真是變很多，阿蕊感嘆著，走出門想再看一下天福背影，呀，真快，已經看不見了。

25. 老師你什麼時候回來

真快！

就像天福騎車「咻」地衝過去一般，時間也咻地飛過，天福復學讀國中快一年了，暑假之後要升國二。只是，天福騎車可以剎車可以停住，時間卻不能停，過了就成為回憶。

海邊沙灘上，孔老師和天福躺著看星星，點點閃爍亮光布滿夜空，過去的一年也閃耀在孔老師心頭。

天福和同學相處沒什麼問題了，已經不在意別人把他當搜尋焦點，對背後身前的窺視議論也不再敏感，他還會主動和大家打招呼。一起打掃或運動時，總會小心避開和別人肢體碰觸，雖然多半是別人好奇，有意要摸摸他胳臂頸項，天福當作沒察覺、不作聲，甚至他先說「對不起」，閃讓一邊。

「我這一身黑毛是寶貝，要小心保護。」這說法很有意思，讓孔老師意外，欣賞天福正向看待自己身體長相的心態。

沒有人欺負天福，因為沒有人比他會做事。在國中校園裡，只要有一項能力表現突出，就被當作偶像英雄，他的學校生活沒有困難，課業學習也不成問題，這個孩子正在往好的方向發展。

「天上一顆星，地上一個人，孔大叔，你是哪顆星？」天福盯著滿天光點問。

孔老師伸手隨便指：「那顆。」

哇咧，是北極星！

「你天天都能看到，就算氣候不好，雲層遮住了，你心裡仍然知道它的光亮，對吧？」孔老師說得煞有其事，停了一下卻轉話題：「天福，學校放暑假後我就會離開。」

喔，去玩嗎？天福很興奮：「你要去哪裡旅行？」

「不是，我下學期不會再教你們，我是代理教師，這裡沒有開缺。」

孔老師的話天福完全不懂，「代理教師」「沒有開缺」是什麼意思？

「你不教我們，是要教別班、別的年級嗎？為什麼不再教我們？」

天福問得孔老師舌頭打結：「哎，這個……」

「我的工作機會只有這一年，時間到就要走人，再去找工作。」

像漁工那樣嗎？我們這些學生都是一隻一隻被捕入網的魚嗎？天福腦袋很混亂。怎麼這樣呢？我才剛覺得學校生活沒那麼討厭，老師沒那麼可怕，以為孔大叔會讓人安心，是可以信賴的老師，竟然就要走人了？

「你會不會再回來？」問完天福立刻改口：「你什麼時候回來？」

海裡的魚會循季節海流往返洄游，天上的鳥離開後，時間一到就再飛回來，人呢？

「不一定。」孔老師坐直身軀。

沒有穩定的教職，每年換環境的無奈，一再磨損自己對教育的熱忱，還能持續愛護學生，陪伴迷途羔羊多久呢？

「天福，這件事先告訴你。」孔老師收起心情：「暑假之前，你的研究會有結論嗎？」

「咦，你知道喔？」

天福經常去學校圖書室翻書，找跟航海有關的資料。圖書室的徐老師請他幫忙整理書架圖書，趁機也指點他去看些科學雜誌。起先天福只是隨意看，圖片為主，偶爾讀點文字說明，一段時間後，他開始找特定主題：海中世界、航海探險，甚至造船機械雷達無線電等等，都有興趣，學校功課反而不怎麼花時間去讀了。

「是徐老師告訴你的嗎？」天福猜。

這學期開學不久，阿公抓到一隻變種魚，帶回來先養著，天福立刻想起自助旅行潛水時，跟他交談的乩童魚和大群「海鬼」，興趣來了，有意要弄清楚變種魚的事。

徐老師特別為他開列一張長長的書單，還教他如何用筆記摘錄重點，初步的研究方法知道了，剩下就要靠自己下工夫，蒐集整理。書單內容五花八門，連DNA、核廢料、海水汙染、塑化劑、食物鏈、生態環境、生態多樣性、生態永續發展、大氣變化、極地冰山崩裂……各種議題都包含了。

「我還沒讀完那些書。」天福老實說：「也不知道怎樣做結論。」

「暑假，我會到海裡找一找牠們。」

也許，實際去海裡訪問那些魚，會得到更多了解，像孔大叔到家裡來看他一樣。

「說不定，魚會幫助我做結論。」天福笑了，這點子真奇妙呀。

孔老師暗暗點頭，這個孩子，曾經離開校園、排斥上學，復學後的表現讓人刮目相看，天福才是那顆北極星吧。

「只要想到這孩子，我就會繼續鼓動熱情愛護學生，帶領他們找到方向。」孔老師心裡喟嘆。

「鐵牛運功散，讚啦。」結束這一次夜晚訪視，孔老師照例這麼說。

「謝謝孔大叔。」天福彎腰鞠躬，抬起頭舉手指那顆星：「天天都能看到，心裡有它的光亮。」

「沒錯。」孔老師大手拍上天福肩頭，師生相視而笑。

26. 我是海

暑假第三天，孔老師坐船要去澎湖。

「你的家在那裡嗎？」天福去碼頭送行。

「我去找工作。」孔老師不曾提過自己家人。看著天福，帶了一年的學生，打從心裡喜歡信任，像自己的孩子，分開後，這孩子會繼續上進嗎？

「鐵牛，要加油。」跨上船，孔老師揮手叮嚀。

「孔大叔，我會去海上找你。」天福大聲說。

船啟航，引擎噗噗吼，蓋住天福的話，水面翻出白穗浪花，航道上湧動數條波紋，船調整方向後漸漸加速。

天福迅速離開碼頭，往堤岸另一邊跑去，甲板上，孔老師看著那身影變成小點，消失。

「謝謝你。」孔老師由衷輕嘆。在這裡的教職，因為這個學生的加入，特別費心耗時，有挑戰卻也美好，成就不是用薪水或職缺可以評價的。

「孔大叔！」

呼喚來自海面，孔老師從沉思中警覺，眺望周遭，啊，一艘管仔筏追在船後，是誰駕船？天福嗎？孔老師瞇起眼細看。

「阿公！」

黝黑瘦高灰髮老漁人，堆著滿臉笑容揮手：「多謝你，老師啊，再擱來啊。」

發仔大聲喊。早就跟天福說好，要陪他送老師一程，保持航道安全距離跟了一會兒，管筏速度追不上了，只能遠遠目送，大聲話別用力揮手。

孔老師眼眶發熱，可敬的老人家，太周到了。天福真的有福氣，阿公阿嬷用心教養，給孫子適性成長的空間，不容易！

「孔大叔！」

又一聲呼喚，甲板上乘客起了騷動。

「那裡。」「是什麼？」是鯨豚出現嗎？黑黑游動的影子，在船舷邊隱約出沒。

孔老師心頭一緊，那是天福！全身黑毛漂動，宛如魚，又像浪，是天福，他在海裡竟然這麼輕靈，跟海水合為一體。

「天福！」孔老師喉頭哽緊，話卡在胸臆間：「你是大海的孩子……」

想到天福對海的興趣，對變種魚的研究，對游泳的喜好，還有他保護自己的一身黑毛，是的，他屬於海，大海的孩子，擁有大海的賜予，那真的是寶，別人沒有，不識珍寶卻一味嘲弄，還好天福自愛自重……

「孔大叔！」

再一聲大喊，天福赫然從海中探出臉，白白臉孔笑開眉眼嘴角，他踩水直身，對著孔老師笑。孔老師忙蹲到船邊跟他揮手：「讚啦，天福。」

接到老師的眼光，天福又笑：「我是海！」說完再度潛入水下，黑黑身影很快消失。

周圍船客失望散開，那不是鯨豚，只是一般潛水客，大家轉而注意海面夕照。

紅紅圓圓的太陽笑呵呵照耀天空、船隻、人員還有海水，湧動的水面幻成金光紅點，偶有紫彩靛藍，跳躍翻滾推擠，天空紅紅黃黃金紫螢綠，和海面銜接，懾撼每一雙眼睛每一個心靈。

就在這時，孔老師聽到天福大喊：「孔大叔，記得回來。」

在哪裡？

孔老師倏然轉頭，遠處礁石上，一條黑影矗立，圈著手，天空海面的霞光夕照襯亮那一身黑，飄飛又凝定的黑。

「再見，古拜。」天福圈住手再喊：「記得回來。」

落日餘暉把海面鋪成金色光鏡，天福深吸一口氣。海，有時壯闊咆哮，有時體貼寬容，現在，海是這麼豔惑迷幻，「我也是嗎？」

張開雙臂讓海風吹入毛髮間，黑毛飄展，一彎身，他潛入海。渡船上的孔老師和管筏上的發仔，同時看見霞暉裡，黑色魅影舉起海水，推出一波波浪湧，海面霎時翻躍著數不清的金點亮光……

兒童文學48　PG2337

大海的孩子
——黑毛小子天福

作者／林加春
責任編輯／徐佑驊
圖文排版／林宛榆
封面設計／劉肇昇
出版策劃／秀威少年
製作發行／秀威資訊科技股份有限公司
114 台北市內湖區瑞光路76巷65號1樓
電話：+886-2-2796-3638
傳真：+886-2-2796-1377
服務信箱：service@showwe.com.tw
http://www.showwe.com.tw

郵政劃撥／19563868
戶名：秀威資訊科技股份有限公司
展售門市／國家書店【松江門市】
104 台北市中山區松江路209號1樓
電話：+886-2-2518-0207
傳真：+886-2-2518-0778

網路訂購／秀威網路書店：https://store.showwe.tw
國家網路書店：https://www.govbooks.com.tw
法律顧問／毛國樑　律師

總經銷／聯寶國際文化事業有限公司
221新北市汐止區康寧街169巷27號8樓
電話：+886-2-2695-4083
傳真：+886-2-2695-4087

出版日期／2020年1月　BOD一版　**定價**／280元
ISBN／978-986-98148-1-2

秀威少年
SHOWWE YOUNG

版權所有・翻印必究　Printed in Taiwan　本書如有缺頁、破損或裝訂錯誤，請寄回更換
Copyright © 2020 by Showwe Information Co., Ltd.All Rights Reserved

國家圖書館出版品預行編目

大海的孩子 : 黑毛小子天福 / 林加春著. --
一版. -- 臺北市 : 秀威少年, 2020.01
面；　公分. -- (兒童文學 ; 48)
BOD版
ISBN 978-986-98148-1-2(平裝)

863.59　　　　108021378

讀者回函卡

感謝您購買本書，為提升服務品質，請填妥以下資料，將讀者回函卡直接寄回或傳真本公司，收到您的寶貴意見後，我們會收藏記錄及檢討，謝謝！如您需要了解本公司最新出版書目、購書優惠或企劃活動，歡迎您上網查詢或下載相關資料：http:// www.showwe.com.tw

您購買的書名：____________________

出生日期：________年________月________日

學歷：□高中(含)以下　□大專　□研究所(含)以上

職業：□製造業　□金融業　□資訊業　□軍警　□傳播業　□自由業

□服務業　□公務員　□教職　□學生　□家管　□其它____

購書地點：□網路書店　□實體書店　□書展　□郵購　□贈閱　□其他

您從何得知本書的消息？

□網路書店　□實體書店　□網路搜尋　□電子報　□書訊　□雜誌

□傳播媒體　□親友推薦　□網站推薦　□部落格　□其他________

您對本書的評價：（請填代號　1.非常滿意　2.滿意　3.尚可　4.再改進）

封面設計____　版面編排____　內容____　文／譯筆____　價格____

讀完書後您覺得：

□很有收穫　□有收穫　□收穫不多　□沒收穫

對我們的建議：____________________

____

____

____

請貼
郵票

11466
台北市內湖區瑞光路 76 巷 65 號 1 樓

秀威資訊科技股份有限公司 收

BOD 數位出版事業部

....

（請沿線對折寄回，謝謝！）

姓　名：＿＿＿＿＿＿＿＿　年齡：＿＿＿＿　性別：□女　□男

郵遞區號：□□□□□

地　址：＿＿＿＿＿＿＿＿＿＿＿＿＿＿＿＿

聯絡電話：(日) ＿＿＿＿＿＿＿＿ (夜) ＿＿＿＿＿＿＿＿

E-mail：＿＿＿＿＿＿＿＿＿＿＿＿＿＿＿＿